ANISSA CORTO

« Yann Moix est né en 1968 à São Paulo. Diplômé de Grandes Ecoles très difficiles d'accès et bardé de prix littéraires très très prisés, il a déjà publié *Jubilations vers le ciel* (1996) et *Les cimetières sont des champs de fleurs* (1997) qui sont des chefs-d'œuvre comme on n'en fait plus. Il est également l'auteur du meilleur court métrage de ces cent dernières années, *Grand Oral* (2000). Son inépuisable génie nous surprendra régulièrement dans les livres étonnants qu'il entend livrer à la postérité dans les années qui s'annoncent. »

YANN MOIX

Anissa Corto

ROMAN

GRASSET

Pour Maria.

Il peut arriver que des individus isolés, inadaptés, solitaires, morbidement accrochés à leur enfance et repliés sur eux-mêmes, cultivant un goût plus ou moins conscient pour une certaine forme d'échec, parviennent, en s'abandonnant à une obsession en apparence inutile, à arracher et à mettre au jour une parcelle de réalité encore inconnue.

NATHALIE SARRAUTE.

PREMIÈRE PARTIE

1972

1

Une petite fille est morte dans l'eau. Ses cheveux noirs flottaient ; toutes les vagues dans sa bouche. C'était le vendredi 21 juillet 1972 : le monde entier avait quatre ans. On avait ramené le petit corps inanimé sur le sable. Je l'avais souvent croisée dans les dunes ; je l'aimais. Le lundi suivant, Anne n'était plus tout à fait une enfant sous la pierre glacée, mais, multipliée par la mort, la succession de toutes les fillettes à venir éclaboussées par le même flot.

Sur la mer égale à la mer brillaient des micas qui sont les yeux de la femme qu'on aime. Les étés de l'enfance ne sont pas faits d'été, mais des hivers que l'âge intercale entre le souvenir propagé des petites amoureuses et le moment où nous les pleurons. Nous ne retournons jamais en 1972, parce que la tâche de vieillir, qui travaille dans nos veines, est plus têtue que ces instants de vacances, qui ne savent pas durer. Le sable ridé, l'inclinaison des pins, le soleil rouge et rond quand les mouettes enfin tues sont des bouées : ressassés à jamais dans des larmes spéciales.

1972 se constituait, d'une seule coulée, de la cavalcade des petites belles à midi, dont les ombres ondulaient sur la dune ; elles étaient déjà des femmes que je n'aurais pas. Droites, fières dans leurs petits refus, elles forçaient mes désirs à bifurquer vers des moches. Et les moches ouvraient pour moi des perspectives nouvelles de bonheur où mes sentiments se retrouvaient face à eux-mêmes, à l'état pur, lavés de ces beautés qui altèrent, corrompent ce que nous nommons l'amour, mais n'est jamais que l'appétit de la laideur pour la grâce.

Je mis des années à comprendre que les femmes aussi ont envie de faire l'amour. Longtemps je n'avais approché que celles dont nul ne voulait. Commencer par les moins belles m'avait paru être la première étape d'un processus qui me mènerait aux impossibles déesses que j'admirais en silence. Hélas, les chemins de la chair ne sont pas ceux de l'esprit : on ne progresse pas dans la beauté des femmes comme dans la pensée des philosophes.

Personne n'est inaccessible à personne. La possession des sublimes n'est fermée qu'à ceux qui préfèrent les livres à la vie et la mort aux baignades.

C'était une fillette à taches roses sur les joues. Elle aimait rire. Elle courait jusqu'aux vagues. A quatre heures, elle sortait de l'eau. Mouillée, elle prenait son goûter : des langues de chat à la fraise et des sandwiches au Nesquik. Le vent se levait ; le cacao se dispersait dans le ciel. Anne chocolatait mes vacances. Derrière les rochers d'où les rats surgissaient pour emporter un morceau de Choco BN abandonné sur le sable, je l'espionnais. Je ne perdais pas une miette de sa vie. Je suivais les aventures de sa silhouette se détachant de l'horizon.

C'était un petit corps tout de vitesse et de cris. Elle ne se doutait pas de ma passion. Elle m'appartenait. Elle ne vivait pas pour elle, mais pour moi. Elle était l'héroïne du spectacle qu'elle m'offrait. Je retenais ses instants, je les collectionnais. Je recueillais ses cris ; ses rires me tombaient dans les mains. C'était une pluie.

Anne s'étirait dans les remous. Ses yeux n'étaient que deux raisins secs, les lèvres deux pétales accolés ; mon regard allait se perdre au large, parmi les amoureuses dont elle était la chef. Au soleil, les raisins avaient fini par acquérir un regard et les pétales, une moue.

De quelle écume fendue naîtraient nos enfants ? Offriraient-ils avec ce pigment similaire qui faisait rosir deux joues, la même lumière au fond d'une même pupille ? A l'âge du glucose et des premières grammaires, on ne parle pas de féminité ; mais, sous l'exubérance naïve du petit animal nautique, un œil avisé eût décelé la forme adulte qui se fondrait tôt ou tard dans l'amour. Par quelle aberration le cœur sait-il s'infliger, pour la durée d'une vie humaine, la passion d'un visage unique et d'un unique souffle ?

Vouloir un corps, c'est épouser un avenir. Je me ralliai à l'aventure définitive que j'avais lue, le temps d'un éclair, au fond de deux petits raisins noirs. Dans cette promesse, je m'engouffrais. Cette fillette serait heureuse à vingt ans, serrant ma main devant Dieu, revêtue de blanc et habillée de mon nom. La nuit je revenais sur la plage voir l'eau dans laquelle elle avait joué l'après-midi.

Sans elle, c'était comme de la mort. Les lieux sont les témoins de notre bonheur ; quand nous y retournons sans l'être aimé, ils continuent de nous offrir sa présence. Dans leur constance insensible, ils nous accueillent naïvement comme jadis, nous tendent les mêmes bras. Fatale générosité : l'amant se retrouve mort, un revolver sous le coude, dans la lisière d'un souvenir qu'il était devenu seul à partager.

Anne dans les flots brouillés, ses mouvements saccadés. C'était donc cette petite chose, pleine d'été, qui ne m'aimerait jamais autant que je l'aimerais. C'était ce corps minuscule, frissonnant dans sa serviette de plage ou roulé dans l'écume fraîche et fouettante, qui refuserait de s'offrir, l'index serti d'un anneau, au garçonnet devenu un homme. Je la revois : elle marchait sur le sable beige ; cette sortie de l'eau annonçait l'imminence de son départ. Les inconnues ne partent pas : elles disparaissent.

2

J'avais peur qu'elle eût un amoureux dans sa vie.
Les peurs ne se diluent pas les unes dans les autres ;
elles s'additionnent. La peur serait plus tard les
visites d'un fantôme qui, la nuit, reviendrait se
noyer comme le 21 juillet 1972 dans les plis de mes
draps. Il se pencherait sur mon lit, son suaire serait
mouillé.

Quel cheveu d'Anne flotte encore à la surface de
l'eau ? Ce serait moi son premier baiser dans une
embrasure ; ce serait moi son premier corps appré-
hendé comme un corps ; moi son premier souffle
avalé ; moi Venise et moi l'Amérique.

— Tu seras ma femme.

Puis elle s'évanouirait de nouveau dans un tourbillon de sel : combien de temps restera-t-elle sous
l'eau sans respirer ?

Je l'attendais ; sous des pluies battantes, je l'attendais, et contre les vents revêches et sur la pierre
escarpée.

Les jours de tempête ou d'averse, elle ne sortait
pas. La mer boit nos paroles et nos adresses à l'horizon ne sont que des souffles morts, des écritures
monotones qui mesurent la vanité qui les inspire ;
debout face aux voilures lointaines, nos attitudes,
calibrées pour la pose et soumises à la nécessité du
roman, n'évaluent jamais que la dimension du ridicule. J'étais le plus ridicule de la plage.

Un soir, depuis un rocher à tête de cheval, je m'étais jeté dans l'eau noire. Des pêcheurs m'avaient sauvé *in extremis*. Je crois qu'Anne l'avait su. Elle faisait toujours comme si je n'existais pas.

Je ne savais que faire pour qu'elle me remarquât. Je décidai de me déguiser en héros. Par trente degrés à l'ombre, je fis mon entrée sur la plage : brodequins lisses et flanelle au genou, je portais le domino. Magnifique, j'arborais une sorte de pourpoint de laine serré à la taille, à la manière d'une ceinture de judoka. J'étais le plus élégant de la côte : d'un olivier qui jouxtait les cabines d'habillage, j'avais extrait un caducée aux normes d'Hermès, surmonté de deux ailes de faucon et de deux boas entrelacés.

— C'est ma mitre atomique.

Chaque soir, tandis que tintaient les reflux de la mer comme dans une carcasse, je marchais jusqu'à la colline des Maures d'où, au bout des chemins qui mènent les héros vers leur destin, je traçais sur le tronc noueux des vieux chênes la marque de mon amour lâche.

Sous les draps, j'imaginais des plans pour approcher Anne, toucher son épaule. Je me voyais au sommet d'un rocher, le buste bouffi d'arrogance, prêt pour le saut de l'ange. Dans l'air griffé d'orange, quand le soleil envoie ses rais déclinants, mon corps perdu dans la lumière se multipliait dans les airs, tantôt boule et tantôt flèche, tendu maintenant et plié tout à l'heure, ascendant ou plongeant, ici porté par le vent, abandonné là comme une trombe. C'était le film de toutes mes attitudes possibles qui se déroulait en rêve : triple salto, bombe, double dorsal. Hélas, je tomberais comme une enclume et non comme un dieu. Le 15 juillet 1972, j'avais fait un plat.

Dans mon lit, je ne voyais plus au ralenti que les mille manières dont mon pauvre petit corps était venu, sous les yeux d'Anne, claquer contre la surface de l'eau. Après le plat, il est d'usage, histoire de se faire oublier *un peu*, de pratiquer sous l'eau quelques mouvements de brasse. Puis l'humilié réapparaît, le dos giflé. Anne avait surveillé sans relâche le moment de ma sortie.

3

Depuis le drame, les années avaient coulé. Mon intimité avec les femmes était devenue dangereuse. Je les aimais trop : en elles je réclamais Anne. Parfois, la nuit, je croisais un corps et nous nous touchions. J'accusais le corps qui m'aimait de n'être pas celui de ma morte. Je faisais pleurer des femmes sous prétexte qu'elles faneraient quand Anne, régulière dans sa beauté comme la couleur jaune dans sa définition, unirait hier et demain dans la perpétuité de sa terre.

Les obsèques furent célébrées dans une église romane dont le linteau s'ornait d'un hérisson. On avait tendu des tentures noires où se détachaient en lettres d'or, sous la couronne, ses initiales. L'enterrement d'Anne eut lieu le lundi 24 juillet à 15 heures. Un tocsin vibrait. La tristesse montait. Fumante, la terre allait se régaler d'une jeunesse impossible. Au milieu des femmes tristes surgit le jeune cercueil. Cette boîte conservait ses éclaboussures et ses cris. Mon amour allait y habiter. Ses lèvres n'embrasseraient pas les garçons mais rien qu'un ciel cloué. L'assemblée digne et lente se signait. Quand dégagée de sa matière, une amoureuse aléatoire s'endort sur elle-même, prise entre deux terres; on sait qu'elle ne jaillira plus qu'à travers une autre amoureuse aléatoire.

J'avais du mal à me souvenir isolément de son

nez, de sa bouche, mais j'avais retenu l'ensemble, à la façon d'un bouquet. Sa tête reposait sur un minuscule oreiller de pierre. Pendant ce temps, la mer continuait la mer : bleus brouillés, miroitants, verts au loin, violets le soir. Sur la plage du drame on jouait au ballon. Des garçons vivants sifflaient des filles non décédées.

La mort, sans ces démonstrations spectaculaires qui s'emparent aveuglément des petits enfants ou foudroient les bûcherons musculeux, ne serait plus la mort, mais seulement l'idée de la mort. Prématurée, elle s'affirme dans la gratuité qui s'appelle son art. Tapie sur les plages au creux des dunes, décontractée, elle sait que les décors calmes, longs et paisibles sont riches de drames. La mer est un poignard, les enfants glissent sur la lame. Ils plongent dans la mort. C'est elle encore qu'ils éclaboussent, agacent en jouant.

Anne fut entourée d'amour et de pitié. Hier pour elle ne signifierait plus rien ; elle était tombée dans l'éternel aujourd'hui de sa dalle. Il y avait une Anne de moins sur la terre ; d'autres fillettes continuaient sur le sable orange, jaune, orange, ce qu'Anne avait entrepris sans pouvoir le mener à bien : vivre.

4

En cette époque de l'année
Les amoureuses sont sur les plages
J'en reconnus plusieurs
Qui ne m'aimaient pas

Le buste hors de l'eau : c'était Chantal, c'était Sophie, c'était Lise. Et c'était Claire. Et c'était Lise encore. Des êtres humains se contorsionnaient, une serviette autour de la taille, pour enfiler leur maillot de bain. Sous les parasols bronzaient des Allemands. Ils attrapaient des coups de soleil. Les amoureuses poussaient comme des tournesols dans un champ de Beauce. Je ne savais laquelle choisir. La moitié d'une rousse, le quart d'une blonde, celle-ci confondue à l'orange des dunes dévalées, ou bien celle-là, mélangée à la mer. Encaoutchoutées sous la pluie, perdues dans la mer, rassemblées sous le soleil, les fillettes s'échappaient, comme le pollen emporté dans un tourbillon, de « Heart Of Gold » de Neil Young. C'était Neil Young, passeur de toutes les tristesses, qui les faisait fugitives, reines, ou bien mortelles. Il venait de sortir l'album *Harvest*, un recueil de douleurs que les écrivains écoutent en travaillant les mots, quand l'aube ne tardera plus. Il suffisait d'une note de sa guitare, diaphane, presque bleue, parfaitement concassée, mais si pleine aussi de chagrin, pour comprendre que notre vie se mêle à la mort chaque fois que nous sommes quitté. C'était la voix de Neil Young qui, accolée aux petites amoureuses de l'enfance, me parlait des ruptures de demain, des nuits à passer dans les larmes. Je n'attachais plus d'importance à l'avenir, mais au seul présent, dont l'emballage était fait de soleil.

Les créateurs sont semblables à des compas qui, hors de leur circonférence maximale, ne peuvent plus rien tracer. Neil Young se situait au-delà de cette limite. Avec sa silhouette colossale vêtue de daim, il continuait d'accompagner, devant la mer lasse, la superposition des fillettes sur l'horizon bleu. Avec son allure de chien, son regard malheureux et sa démarche voûtée, il composait la bande originale de mon été 1972. Sans quitter ses bottes crottées, il avait escorté Anne jusqu'à sa tombe taille enfant. Lorsque Anne fut mise en bière, « Words », le dernier morceau de la deuxième face de *Harvest*, s'échappa du trou.

J'avais cru que mon bonheur dépendait d'Anne, mais sa mort, mêlée à l'introduction d'« Alabama », me laissait libre d'en aimer une autre, prise au hasard. Les femmes que j'ai aimées furent des figures arbitraires. Elles résultaient, non d'une quête ou d'investigations, mais du hasard qui les avait placées devant mon désir vacant. J'appelais amour cette place inoccupée. Elle représentait cette part de moi-même qui, dans la solitude, était prête à travestir, à brader mes inclinations, mes goûts, afin qu'une femme aléatoire la remplît de son volume dans les proportions de mon intérêt pour elle. Cette femme m'était livrée avec l'évaluation instinctive de l'attention qu'elle méritait ; tout être contient déjà en lui la quantité d'amour qu'il recevra de nous.

Souvent la moche que j'avais compté abandonner devenait pendant des mois, des années, le centre de toutes mes souffrances. La douleur, comme l'amour, cherche moins une vie humaine à qui se dédier qu'un prétexte pour se répandre. La coïncidence de cet épanchement biologique et de l'image féminine qui lui sert provisoirement de réceptacle provoque chez l'homme tantôt des désirs d'absolu, tantôt des envies de suicide. Abusé, selon le principe des éclipses, par la superposition d'un besoin naturel et de ce qui n'en est que le prête-nom, celui-ci offre aveuglément sa vie à une inaccessible déesse que le reste du monde regarde comme une stupide petite grue.

L'être aimé est une doublure, un habit qui ne fait qu'illustrer, sous son allure charnelle, une vie sentimentale et sexuelle que nous assouvirions indépendamment de lui si la nature le permettait ; elle le permet à quelques solitaires qui s'enferment dans leur chambre pour éprouver devant une feuille blanche, un piano, une toile, des sensations dont la vraie vie les a écartés ou auxquelles ils ont renoncé mais qu'ils retrouvent amplifiées au sein d'un monde créé par eux de toutes pièces et plus approprié que le nôtre à leur sensibilité, à leur génie.

L'amour est un moule trop large, aux contours imprécis, auquel correspondent mille formes possibles de femmes différentes, mais qui dans mon cœur étaient interchangeables et m'apparaissaient sans cesse comme *la même femme à peu de chose près*, comme la même femme après une rotation autour d'un centre de gravité que je nommais « mon genre » et qui, quel que fût le sens où mon désir la faisait pivoter, finissait toujours par s'arrêter sur la figure immuable, abstraite, de ce qu'était pour moi la femme idéale. C'est dans cette figure générique que venaient se loger, approximatives et floues, toutes celles à qui je promettais de dédier un roman. Aimer une femme, c'est aimer l'ensemble des variations autour de cette femme, ses avatars, ses versions plus ou moins fidèles ; c'est aimer la somme des femmes dont la moyenne arithmétique constituerait l'épouse définitive, celle dont l'image viendrait se confondre avec notre désir. Mais nous n'aimons jamais que nous-mêmes, et l'objet de notre passion, purgé de ses richesses exotiques, n'est que le clone de ce que nous sommes.

La mort d'Anne ne semblait pas avoir eu d'inci-
dence sur le volume apparent du stock de fillettes
— cette mort était insignifiante. Fondue dans l'agitation, les cris, le nombre, sa disparition n'avait pas
endommagé l'impression générale, perturbé la
consistance de la réalité. Tout était semblable à ce
que tout avait été, à ce que tout ne cesserait jamais
d'être : un lot d'humains mobiles interchangeables
à l'infini, substituables les uns aux autres dans la
succession des étés, jusqu'à la fin du monde. La
foule n'est faite que d'elle-même, compacte en son
agitation monotone. Son allure est universelle ; son
aveuglement, définitif.

Anne avait été soustraite à l'ensemble, mais si dis-
crètement que si je ne l'avais pas sue noyée, je ne
me fusse probablement pas rappelé, ne la voyant
plus s'animer sur la plage au milieu des autres
petites filles, qu'elle avait existé. Tant de corps, à vrai
dire, se donnaient tant de mal pour la remplacer,
têtus dans leur volonté d'être là en lieu et place de
tous les morts de toute l'histoire de l'humanité, que
la réalité semblait faire cadeau de l'existence
d'Anne. Le monde n'était pas à cette petite vie près.
En termes de fillettes aux ombres glissant sur les
dunes, la race humaine avait de la marge.

L'univers continuait de produire des millions de
petites baigneuses. Les usines fabriquaient, dans le

nord de la France, mais aussi à Taïwan, de jolis
maillots de bain ornés d'arabesques, de fleurs, pour
des millions de minuscules amoureuses balnéaires
concassées par les flots. Au télescope, des confins du
cosmos, on les voyait qui jouaient, semblables à des
bâtonnets peints par Miró, circonscrites à un morceau de bleu dans le noir infini des choses. Elles gesticulaient comme des têtes d'épingles dans l'océan,
tendaient leurs bras fins comme du fil, faisaient des
gestes qui scintillaient. L'œil les confondait dans
leur multitude grouillante et agitée ; le soleil flam-
bant gênait l'observation de leurs aventures microscopiques. Les vagues les soulevaient. Leurs cheveux les suivaient dans l'eau comme la traîne des
mariées, et le jour baissant les chassait vers demain,
quand un nouveau matin se lèverait sur la mer, semblable à tous les autres matins.

Il me fallut choisir une autre amoureuse, moins
décédée. Je n'avais pas eu de chance : celle à qui
j'avais dédié ma vie était précisément celle dont le
corps ne servait plus désormais que de contenu
morbide à une prison de fleurs. Je me doutais bien
que la crête des vagues ne la giflerait plus, que ce
petit corps auquel l'avenir avait destiné deux seins
fermes, deux fesses offertes à la contemplation des
amants mûrs, resterait perclus dans la virginité
débile et têtue des enfants morts.

Les amoureuses restées là-bas, en 1972, continuaient de m'appeler. Elles jouaient. Cloisonnées
dans leur surface de mer bleue, les fillettes, à domi-
nante orange quand le soleil du soir auréolait leurs
têtes, m'étaient des formes simplifiées, privées de la
profondeur de l'espace. Elles cessaient de mouvoir
bras, jambes et buste pour devenir, dans la lumière
de juillet, des cônes, des sphères et des cubes. Frac-
tions, portions sans parenté picturale avec le reste
de la plage et du monde, elles défiaient les perspec-

tives. Sans autre échelle que leur magma d'éclaboussures aléatoire, elles progressaient. Elles
s'emboîtaient les unes dans les autres comme dans
une toile de Malevitch. Sur la rive on vendait des
glaces.

Anne continuait de courir sur le sable mouillé,
comme du temps que la musique de Neil Young
l'accompagnait. Les fillettes aimaient le sel et l'eau,
le ciel découpé qui flottait sur les vagues. Chantal,
Sophie, Lise. Et Claire. Et Lise encore. C'était il y a
trente ans. Elles consommaient du 1972, effec-
tuaient des gestes de 1972. Anne tout entière pen-
chée vers Chantal, bouffie, débordant de 1972. Et
blondes, et brunes, et rousses, ressassées par les
flots, elles se mélangeaient dans les vagues. Et
rouges, et noires, et blanches, elles étaient de petits
animaux marins. C'étaient trois fragments d'Anne
qui s'éparpillaient maintenant dans ma mémoire.
Fragment-d'Anne 2 était accolé à une joue de
Claire ; fragment-d'Anne 3, séparé, comme arraché,
de fragment d'Anne 1, évoluait en toute indépen-
dance auprès d'une épaule échappée de Chantal
— bien que j'eusse juré qu'il y eût du Lise en cette
épaule. Tous ces morceaux de fillettes flottaient en
moi. Aucune d'entre elles n'avait jamais voulu
m'embrasser sur la bouche. Je leur faisais peur. Je
m'approchais d'elles en petit garçon poétique. Mais
elles devaient deviner derrière la poésie du petit garçon le futur névropathe qui, à la moindre rupture,
leur eût fait bouffer du sable, avaler des litres de
l'eau de mer.

Salées, lavées, lessivées par la mer
1972 en été
Les amoureuses se baignaient là hier
Et par leurs ris méchants me rejetaient

Sur la plage, le soir, elles partaient sans me regarder. J'allais chercher leurs lèvres sous l'eau : elles
avaient peut-être oublié des sourires au milieu des
algues. Anne y avait-elle laissé un fragment d'Anne
qui, pour plus tard, dans les années que j'aurais à
traverser sans elle, me servirait de porte-bonheur ?
C'était dans *son* eau que je nageais. Ses gestes, ses
cris, ses éclaboussures, sa mort avaient eu lieu ici.
Je me baignais dans le tombeau de mon amour.
C'était de la mort toute onde, et comme un sel noir
qui composait ce linceul de vagues.

De grands bruits frais claquaient le flanc des
petites : la mer devenait dangereuse et, comme des
mousses aériennes glissant sur le vent, les amoureuses sortaient doucement de l'eau. Sur la terre
ferme, elles redevenaient un peu sauterelles, propa-
geaient leurs piaillements quelques minutes encore,
et finissaient par rentrer. C'était l'heure, tant redou-
tée, où le ciel, rempli de nuages plus cendrés,
m'annonçait que j'allais passer la nuit séparé d'elles.

Le lendemain, elles revenaient toujours. Les observant, je dressais des listes de sentiments à ne pas oublier. Claire était petite et boulotte. Lise avait des taches de rousseur. Chantal, des cheveux trop frisés. Et Anne était morte. Le vent soufflait avec une violence qui semblait impossible à associer à 1954, 1976 ou 1993 : c'était une violence de 1972. On apercevait des navires au creux des grosses vagues, des vagues-72.

Les crêtes des vagues-72 semblables à des moutons

Je suis retourné sur cette plage. Des corps gesticulaient. Des amoureuses se baignaient : elles n'étaient plus les miennes. Ce n'était plus Chantal, ce n'était plus Sophie, ce n'était plus Lise. En cherchant bien, j'eusse sans doute trouvé une Cécile, une Hélène. Une Valérie rousse et mouillée. Et, qui sait, une petite Anne vivante et gaie ? Mais elles n'eussent pas été estampillées de la date que je recherchais.

Je marchais, trente ans plus tard, avec les mêmes pieds, sur le même sable, mais dans un monde où 1972 n'avait plus aucune importance. On eût soustrait cette année-là de l'Histoire que nul ne s'en fût aperçu. Tout avait été mis à jour : les fillettes éparpillées, leurs cris, et jusqu'à la mer elle-même, qui manquait d'un je ne sais quoi de jauni, de passé, et avait l'air extrêmement contemporaine. Ces nouvelles amoureuses s'ébrouaient dans une mer *actuelle*.

Pourtant, le ressac, la houle, l'horizon, le ciel, l'écume n'avaient pas pris une ride. Ils étaient semblables à ce qu'ils avaient été en 1972. Sauf que, restés les mêmes, ils trahissaient 1972, s'offraient littéralement à 1999. C'étaient des traîtres. Cent ans plus tard, j'eusse retrouvé ces faux frères en pleine santé, tournés sans cesse vers le plus offrant, vers le présent le plus actuel. Le ressac, la houle, l'horizon, le ciel et l'écume pactisaient avec l'avenir.

Les fillettes-99 se détachaient moins nettement dans le flot brouillé que les fillettes-72. Elles étaient moins malevitchiennes. Je ne parvenais pas, comme jadis, à découper des pans de silhouettes pour les isoler sur fond d'azur. J'avais perdu en précision. La situation était moins nette. Un flou de fillettes emmêlées. Comme une pâte d'amoureuses en laquelle elles se fondaient. Le monde entier avait trente ans.

Imprécises, approximatives, vagues. Incertaines. Elles me faisaient peur avec toute leur jeunesse gourmande de croissance, d'émancipation, d'adolescence : d'avenir. Car le futur inéluctable qui leur parlait à l'oreille d'amour et d'aventure, ce futur dont nous allions partager les dates sur les calendriers à venir, ne promettait à ma vie qu'une augmentation de tristesse, de solitude et de douleur.

De tous mes morceaux de petites filles-72, c'était le corps mauve de ma petite morte que je gardais en mémoire. S'appelait-elle vraiment Anne ? Ce prénom avait flotté en moi vers ce visage, il avait accosté. Il avait cherché un sourire où se poser, un souvenir où habiter.

Les hommes trouvent dans la précision des dates un recours à leur peur de mourir. Ils consomment un temps cyclique, inscrit sur les rayons d'une roue. Cette roue les emporte dans sa folle allure et les dépose à leur dernier endroit, où ils se confondent enfin avec eux-mêmes, en un point sans appel, dans toute leur concision inouïe.

Le génie ne réside pas dans l'art, mais dans le chagrin. Nous écrivons des livres, nous empilons des toiles ou composons dans la nuit des œuvres pour finir d'aimer les femmes que nous avions commencées. Elles sont parties depuis des années déjà, mais l'amour, plus long que l'existence, plus grand que les humains, n'a pas terminé sa tâche solitaire, acharnée, désespérante.

La liberté débute là où la vie s'achève, au moment précis où nous pouvons commencer à vivre autre chose que notre vie. Ce sont des mouvements gratuits, des informations périmées, des amis informes que nous réclamons maintenant pour consommer notre liberté toute neuve.

Il faudra marcher longtemps encore dans la neige, trouant de boue sa blancheur, pour comprendre que seuls l'étude des cristaux sur l'arbre, les reflets d'un étang gelé dans l'hiver, les bruits tapis dans le buisson sont les morceaux commençants de la liberté, que toutes les révolutions doivent conduire à des glissades, des boules de neige, un écureuil craintif, des engelures qui sont les meilleurs moments du plaisir d'avoir froid, comme le meilleur moment des plages est la cavalcade étêtée des petites belles en fugue.

Ma liberté commence par l'amour de 1972 et de Neil Young. Le temps n'est qu'un perpétuel présent aveugle à la mort des hommes, au passage des saisons sur la terre. Il n'est pas une coulée : rien qu'une étendue sans fin qui nous ignore et stagne dans une infinie gratuité que nous remplissons de destins provisoires et d'importances mortelles. Il n'y a que des choses, des hommes, des arbres et du noir tout autour, perdu dans ce qui n'a pas de nom. Le temps n'est qu'un présent qui n'en finit pas, et c'est à aujourd'hui que succède sans cesse aujourd'hui, et hier n'est qu'un autre moment d'aujourd'hui, comme demain le sera. Nous sommes toujours en 1972.

Ce que nous nommons « Angleterre », « Allemagne », « Brésil » ou « Danemark » n'est pas moins arbitraire que ce que nous désignons par « 1924 », « 1965 », « 1986 » ou « 1972 ». Comme l'espace, le temps fut découpé par les hommes à leur mesure afin qu'ils puissent l'habiter, lui donner un sens. Mais le cosmos se moque des frontières comme le temps, qui n'est qu'un perpétuel maintenant, s'affranchit des anniversaires.

1972 n'est pas seulement le souvenir d'une plage de sable fin aux baigneuses mélangées : il s'agit d'un vaste cimetière dont les hôtes ne vivent plus, frémissants et lointains, que dans la mémoire. Le temps est le plus grand assassin de tous les temps. Combien de ces vacanciers paisibles, bronzés, jeunes, avait-il soustraits du monde, eux qui n'avaient fait que s'allonger sur un coin de littoral en été 72 ? La statistique est pressée. Elle réclame son quota d'agonies.

8

Anne habitait en 1972. Elle y habiterait aussi long-temps que je vivrais, qu'il y aurait sur cette terre un amoureux vieilli qui, tapi dans un coin du temps, se souviendrait d'elle-en-1972. C'était elle-72 que j'avais si souvent ranimée dans la solitude de mes nuits-76 ou de mes nuits-84. 1972 était son royaume, à jamais. Anne y répandait indéfiniment sa jeunesse, sans autre cap à franchir qu'une succession d'éternités : elle aurait six ans toute sa vie. Non pas séquestrée, par-delà son tombeau, dans les mêmes émotions à revivre, non pas condamnée à la répétition sempiter-nelle du même vécu, mais abandonnée à l'étendue d'un moment sans fin, une portion de temps infini-ment dilatée où les heures se confondaient avec les mois, les semaines avec les années, les siècles avec l'été 1972.

Vingt-sept années qu'Anne, fondue dans quelques jours de vacances révolus et emportés par les flots, ne cessait d'être un prolongement d'Anne, son extension extrême, étirée comme le caoutchouc au seuil de rupture : à quoi ressemblerait-elle aujour-d'hui ? Si l'on tirait un peu sur cette Anne-là, cette Anne-72, on trouverait son impossible année 1973 et ce qui se fût ensuivi si elle avait vécu : l'adoles-cence, la vieillesse et la mort.

Regarde cette mort qui danse en moi
Au bout de ma fourchette
Aussi
Quand je mange
La mort encore, dès que je te fais l'amour
Elle est très pâle
Et très bleue
Comme un Christ malheureux et cloué

Tellement cloué

Dans ce mois de juillet d'il y a vingt-sept ans où ma mémoire la tenait recluse, Anne ne vieillissait jamais. Elle évoluait dans un présent qui n'en finissait pas. Mes autres petites baigneuses datées, démodées, avaient poursuivi leurs existences éparses. Chacune dans un coin du monde, elles avaient traversé les années. Etape par étape, méthodiquement, imperceptiblement elles étaient passées de 1972 à 1999. Mais qu'importe, puisque les seules petites filles possibles, les seules *acceptables* n'étaient pas les petites filles « réelles » qui avaient franchi en même temps que moi chaque jour écoulé depuis leurs derniers fragments découpés aux ciseaux sur l'horizon ; elles n'étaient pas celles dont les années avaient creusé les orbites et les joues ; ce n'était pas cette suite logique, cette évolution naturelle de leurs corps programmée par la génétique, ces corps de fillettes mis à jour devenus corps de femmes, qui m'intéressaient, mais leurs corps de l'époque, *d'époque* ; les coudes, les bras, les hanches, les cous, les torses qui étaient restés là-bas, ceux des durées immobiles ; les corps qui, soustraits à toute mort, habitaient ce pays dont Anne resterait la reine : 1972.

Je savais que la Chantal-99, par exemple, avatar décevant de la Chantal-72, évoluait sur terre aujourd'hui. Mais il s'agissait d'une Chantal amputée de la Chantal originelle, celle d'un été sous les

pins quand la mer était verte. Une Chantal amné-
sique et méprisante de ce qu'elle avait été cette
année-là. Une Chantal aussi peu digne de confiance
que le ressac, la houle, l'écume et l'horizon. Une
Chantal tout entière tournée vers l'avenir et ivre de
présent. Une Chantal qui n'avait que mépris pour ce
recoin de sa vie antérieure (à mes yeux la seule
valide). Une Chantal de trente ans, inacceptable, qui
vaquait à des occupations *présentes*. Comme toi,
petite Claire cadette de cette Claire de maintenant,
toi petite Claire originale, détachée de ton aînée
comme un parpaing tombé sur le carrelage. Petite
Claire délaissée par ta propre forme actualisée, réalisée. Tu jouissais là-bas, sur ta plage-72, d'une existence indépendante. Débarrassée de toute imminence, tu te perpétuais en moi, lumière frivole d'un
été perdu.

9

Je voulais être un génie. Non pas un génie de la littérature, de la poésie, ni de quoi que ce fût d'artistique, mais un génie de 1972 — et de quelques autres dates annexes (sur lesquelles 1972 débordait pour mourir). Il s'agissait d'être *précis*. Il fallait être un génie de l'été 1972, un génie du 21 juillet 1972 à 14 h 36.

Le génie ne consiste pas à être le « meilleur » de son temps dans une discipline donnée, musique, peinture, mathématiques, 1972, littérature, mais à utiliser ces disciplines comme un moyen de nous découvrir nous-même, un instrument d'exploration de notre singularité propre. Etre un génie, c'est être un génie de soi. C'est avoir le courage, le vertigineux culot, en fouillant jusqu'aux abîmes de son être, d'en rapporter cette part d'inédit, d'unicité exceptionnelle qui dort en chacun, mais que dix hommes par siècle seulement exploitent. Alors, leurs souffrances deviennent des cathédrales. De leur sensibilité naît ce que nous appellerons tôt ou tard un « chef-d'œuvre » mais n'est d'abord qu'une vision du monde qui ne doit rien à personne. Le génie de Mozart, de Picasso, de Joyce, d'Einstein réside dans la multiplication d'une manie, l'amplification d'une tare. Des mondes nouveaux jaillissent parfois de l'outrance ressassée d'un souvenir.

Il me semblait nécessaire d'envisager une réforme

complète de 1972. Aussi arbitraires soient-elles, les dates sont là, qui ouvrent la porte aux souvenirs et les estampillent. Or, aucune université à ce jour n'a pensé à ouvrir, en son sein, un département « années ». 1792, 1128, 1911, 1835, 1514 ou 1984 y seraient des disciplines universitaires aussi légitimes, aussi banales que le droit administratif, la biologie moléculaire ou la littérature médiévale. Sans doute penserait-on à créer une chaire spéciale pour 1972.

A l'orée de 72 j'étais au seuil de ma vie. Si tout de ma plage avait été photographié, filmé, mon souvenir eût perdu cette précision illusoire qui lui donnait ses couleurs et son volume. En lieu et place de l'été 1972, je n'eusse contemplé que des baigneuses, des dunes, des amoureuses et des ifs intemporels, indifférents à l'année qu'ils étaient en train de vivre. Car l'enfance amplifie et déforme les choses. Devant le film des vacances du petit garçon-72, l'adulte-99 n'eût pas vu de jungle, mais un jardin, pas de Sahara, mais des dunettes surveillées, et les scintillements du soleil sur la crête des vagues dans le rôle des requins en colère. Ce 72 objectif, officiel, n'avait à mes yeux aucune validité. Il trahissait les impressions originales. Mon été se retrouvait aplati, vidé de sa substance première. Il bougeait comme du présent.

Combien étaient-ils, mes gens-72, à n'être plus de ce monde ? Drôle de famille, celle des êtres jamais revus et que nous imaginons (avec un visage presque aussi neuf que dans notre souvenir) en pleine activité quelque part dans le monde alors qu'ils sont morts. Morte, Chantal ? Morte, Claire ? Morte, Sophie ? Morte, Lise ? Et morts, les gros Allemands sous les parasols ? Mortes, mes amoureuses ? Les morceaux de Claire ? Enterrés ? Les fragments éparpillés, numérotés, répertoriés, de

Claire ? Une de mes petites baigneuses s'était peut-
être éteinte en juin 1988, une autre en avril 1993.
Chantal amputée, qui sait, une de ses collègues de
baignade tombée dans un trou : Elise, Sophie ?

Ceux qui vivent en nous mais ont cessé de vivre
sans que nous le sachions, nous les arracherons à
leur mort aussi longtemps que nous ignorerons
celle-ci. Nous mourrons sans jamais apprendre
qu'ils nous ont précédés dans la tombe. Ces vivants-
morts, indiscernables, habitent l'éternité passagère
que leur octroie notre propre longévité. Leur date
fatale est passée : nous l'avons franchie sans ciller
— ce jour-là, nous avons peut-être fait la fête ou
l'amour.

Le lundi 27 septembre 1991, dont nous ne savons
plus rien, qui est pour nous perdu à jamais comme
l'est un ouvrage mal classé à la Bibliothèque natio-
nale, est pourtant le jour de la mort d'une connaissance évanouie dans la foule et dans les années, d'un
ami dont nous avions perdu la trace, d'une amoureuse qui s'était enfuie pour toujours et à qui nous
avions fait la promesse de ne pas chercher à la
revoir. Parmi la promotion « plage » de l'été 72,
quels sont les morts de la promotion « quelque part
dans le monde » de 1991 ?

> Une petite belle m'avait donné un peu d'amour
> Elle est partie dans les orties pourrir sans fin
> Juré craché qu'elle m'épouserait pour toujours
> Elle est morte la nuit, j'étais seul au matin

Mes gens-72 avaient eu, avaient des vies. Ils
avaient fait, faisaient des choses. Ils avaient eu,
avaient, auraient des enfants. J'avais peut-être, sans
le savoir, recroisé certains d'entre eux au hasard
d'une promenade. Dissimulés qu'ils étaient sous du
1984, maquillés, grimés par du 1992, je ne les aurais
pas reconnus. Et moi ? De qui étais-je le « gens-
72 » ? De combien de personnes étais-je le juin 83

ou l'août 76 ? De tous ceux qui s'en souvenaient.
Nous sommes tous le Noël 82, le février 78, l'été 72
de quelqu'un.

Ni mon imagination, ni ma mémoire ne me per-
mettaient d'enrichir, comme en mathématiques des
définitions nouvelles étoffent une théorie qui loin de
menacer sa cohérence ne font que la renforcer, de
visions et de détails neufs, cette parcelle de 1972 où
j'entrevoyais sans cesse les mêmes parasols abritant
les mêmes Allemands, les mêmes échantillons de
fillettes dans la même mer brouillée. Tout cela était
précis, mais limité. Mon univers était magnifique,
mais bordé de miradors. Les bornes en étaient
inamovibles et la portion de segment que ma
mémoire avait octroyée à la reconstitution idéale de
ce morceau de plage était constante. Mon 1972,
comme un disque rayé de Neil Young, tournait en
rond. J'eusse voulu l'échanger contre le 1972 d'un
autre, pour voir. Cela m'eût permis d'affirmer le
mien, de préciser les choses.

10

Les femmes étaient mes calendriers ; le temps les transperçait, date après date, et c'est le souvenir d'un chat perché, une rentrée des classes en blouse, trois filles croisées à la piscine et des malabars roses, verts, orange, qui s'endormaient avec elles à mes côtés, bougeaient, se retournaient, plissaient les yeux dans le matin qui pique. Je n'ai jamais recherché dans l'être aimé que la saveur d'un été perdu. Les émotions passées se sont réveillées.

Je voulais épouser celle qui saurait me restituer l'année que je préférais. Nous avons tous une année fétiche, une année éternelle qui coule ses jours inno-cents, préservés de toute guerre, à ras bord de jeu-nesse, et nous protège du présent, et nous préserve de l'avenir. Il n'y a ni blondes, ni laides, ni sublimes, ni Sylvie, ni grandes, ni Gloria, ni jeunes, ni céliba-taires, ni Nathalie, et encore moins de Brigitte : il n'y a que des années « Une belle histoire », des étés 74, des périodes « Rockollection » et des époques Earth, Wind & Fire.

Les femmes sont des hypothèses dont nous vou-lons faire des théorèmes. Nous connaissons leur musique, et jamais leur partition. Elles dorment au cœur du secret, comme les trésors, et nous ne pou-vons que les admirer. On n'aime jamais au singu-lier : une femme conjugue toutes les femmes, à tous les modes et à tous les temps. Au conditionnel, quand elles sont un paradis à perdre ; au passé, puisque nous finissons toujours par les pleurer. A l'imparfait, nous les aimions. Jamais heureux, toujours en quête, passant de l'une à l'autre, changeant d'amour ainsi que nous changeons d'humeur. Le cœur ne sait jamais ce qu'il veut : il bat la mesure de tous les refrains qui, comme de vulgaires paroles, se sont envolés.

Que reste-t-il de nos amours ? Des films où François Truffaut s'attaque aux mollets des femmes de 1976, dont le pas cogne le pavé, et le talon troue le sol et creuse notre tombe. Nous aimons chez les femmes ce que nous aimons chez les chats, leur chemin solitaire, leur nulle-part hautain, leur woman's land qui est un no man's land. Et c'est ainsi que la vie s'en va. On les retrouve au moment de mourir, mais elles vivront encore un peu, plus longtemps que nous, et résonnera leur pas contre la pierre où dort un cœur qui ne bat plus, mais les avait aimées, avait cru les aimer jusqu'au bout.

Les femmes qui ne nous aiment pas sont autant de guerres inutiles dans lesquelles nous nous lançons pour mourir plus vite, car les femmes sont des accélérateurs. Soit elles accélèrent la vie, quand elles nous aiment, et nous mourons plus tôt. Soit elles accélèrent la mort, quand elles ne nous aiment pas, et nous mourons plus vite.

DEUXIÈME PARTIE

Donald

1

A l'époque, je n'étais pas encore ce canard à caban court et béret lâche, sans envergure, battant de l'aile. C'est le destin qui me donna des palmes. Mon bec ? Un arrondi de Géricault, quelque chose d'orange et de rigolo, avec un tubercule saillant qui distingue le mâle de la femelle. Mon nom est sans intérêt mais à Marne-la-Vallée, pour tout le monde, j'étais Donald Duck.

Donald, je le connaissais bien. Ses cadences violentes, son rythme sauvage, la structure hystérique de sa psychologie, je les faisais miens. Comme lui, je n'avais jamais su maîtriser mes élans. Comme lui, je n'avais jamais écouté que mes impulsions. Je lui prêtais mes contorsions. C'était à l'abri de son duvet que je me confrontais à l'univers. Il m'était impossible de ne pas m'apercevoir, à travers la saillie comique qui nous faisait accoucher l'un de l'autre, qu'il entretenait mon désespoir autant qu'il assurait mon salut. Me perdre en lui était la seule manière que j'avais de me trouver.

Donald me servait de psychanalyse. J'étais à l'aise caché dedans. J'observais, sans rien dire, le monde et les femmes. Les mamans venaient nombreuses à Disneyland-Paris. Je les désirais au fond d'un canard. La vraie perversité de Donald me convenait. Donald sait aussi être un redoutable manipulateur, comme le révèlent ses toutes premières apparitions dans *Pluto's Ostrich* en 1937, *Chef Donald* (1941), *Der Führer's face* (1943), *Bootle Beetle* (1947) ou *Chips Ahoy* (1956).

— Entrer en osmose avec son personnage est une condition indispensable à l'exercice de ce métier, avait prévenu le directeur des ressources humaines.

Lors de mon entretien d'embauche, il m'avait fallu convaincre que j'étais fait pour Donald, et rien que pour Donald. L'expérience montre qu'il vaut mieux laisser entrevoir aux recruteurs un plan de carrière réfléchi. Les candidats qui postulaient indifféremment aux postes de Clarabelle ou de Mowgli suscitaient généralement la méfiance. C'est pourquoi les tests psychologiques avaient une importance considérable.

Tout avait commencé en juin 1994 ; le numéro un au hit-parade était alors Jimmy Cliff avec « I Can See Clearly Now ». J'étais retourné à l'Ecole supérieure de commerce de Reims pour consulter les offres d'emploi réservées aux anciens diplômés. Dans le hall, j'avais vu une annonce. On recrutait au marketing de Disneyland-Paris. Après un échec cuisant lors d'un premier écrémage (je n'avais pas su vendre avec suffisamment de brio mes compétences en matière d'études de marché), j'eus vent qu'on recherchait sur le site des *cast members*. Un *cast member* est quelqu'un qui se glisse dans la mousse d'un personnage Walt Disney, se trémousse dans les allées du parc comme un demeuré et, en sueur et fourbu, se doit, par tous les temps, de recevoir sans broncher les coups de pied et coups de poing des enfants gâtés.

— Y a qui dessous, maman ?

— Personne, mon chéri... C'est le vrai Donald.

— T'es pas le vrai Donald, toi... T'es un monsieur dedans...

— Tiens, regarde mon amour, là-bas, c'est Pluto !

Le travail était mal payé. Je sortais du service militaire. Je n'avais que deux mois de loyers d'avance, rognés sur mes deux dernières soldes de sous-lieutenant au 3e Régiment d'artillerie de marine (Verdun).

C'est moi, sur la photo : larges flancs, pieds palmés, sourcils en accent circonflexe. Chaque jour, j'enfilais mon bleu de travail. J'étais salarié ; le mot « salarié » est le mot le plus important du XXe siècle. Je déambulais, je cancanais. A l'aube, le réveil sonnait. Je prenais mon petit déjeuner, piquant du bec, vaseux comme les côtes sablonneuses où s'ébrouent volontiers mes semblables, ébouriffé par la nuit passée dans ma couette en plumes d'oie. J'étais un canard migrateur : à sept heures, je m'envolais en RER vers Marne-la-Vallée où je retrouvais les autres *cast members* de l'équipe du matin. Ils s'appelaient Mickey (Camel Nedjar), Pluto (alias Nordine Belkacem), le Capitaine Crochet (Polycarpe M'Bako), Daisy (ma femme en quelque sorte ; de son vrai nom Chantal Moreau), Géo Trouvetou (Guy Lecornec) et les autres, que je saluais quand j'arrivais.

2

Le 3 juillet 1995, j'avalai un morceau de verre ramassé dans la rue. On me retrouva inanimé à la station Alésia, un filet de sang aux commissures des lèvres ; Céline Dion triomphait avec « Pour Que Tu M'aimes Encore ». J'avais regardé mon avenir à travers les deux trous qui me servaient de narines, dit au revoir au Zaïrois Nathanaël qui commençait à déprimer dans Baloo, et plié mon costume de Donald sur son cintre. Le dimanche précédent, j'avais flâné de longues heures autour de l'étang des Maurues, dans la forêt de Rambouillet. J'avais regardé mes collègues colverts, canardeaux ou tadornes s'enfuir vers le ciel qui, imprimé sur l'eau, offrait un envol de silhouettes abîmées par le remous. J'avais été un canard sauvage au pays du rêve américain. Je ne voulais plus vivre de mes plumes.

Je savais qu'à peine mon suicide classé, un autre chômeur endosserait le costume de Donald Duck, suerait à son tour sous la camisole de kapok, et finirait peut-être par aller se pendre un jeudi après-midi pluvieux au baobab n° 3 de la Jungle enchantée. Alors, Mowgli, ou Bagheera, retrouverait son corps inanimé sous la gaze hilare. Et un nouveau chômeur viendrait le remplacer aussitôt.

Avant mon suicide manqué, rien n'avait eu lieu dans ma vie. J'avais aimé quelques femmes, bu des verres avec des amis à la terrasse des cafés ; on m'hospitalisa. Murs blancs, aiguilles dans les veines. J'avais l'intestin déchiré ; on pronostiqua des lésions graves à l'estomac. Le médecin était un grand comique.

— Il fait un froid de canard dans cette chambre, vous ne trouvez pas ?

Il avait rajouté :

— Vous verrez, je suis le meilleur vétérinaire de Paris... Je suis spécialisé dans les palmipèdes !

Je me souviens dans les moindres détails du jour de mon « suicide ». C'était aussi celui de l'anniversaire de Dingo. Nous lui avions préparé une surprise : un énorme gâteau d'où avait surgi Geneviève, la nouvelle Blanche-Neige, qui remplaçait Magalie partie en congé de maternité. Dans le civil, Dingo se prénommait Jean-Roger, mais tout le monde l'appelait Dingo. Recouvrir la vraie folie qui l'habitait par le masque absurde du débile léger imaginé par Disney eût été aussi tautologique que peindre la nuit en noir ou asperger la mer. On s'était cotisés pour lui offrir une montre. Il avait pleuré et nous avait remerciés. Il en avait même profité pour présenter ses excuses à son homologue du soir, Dingo 2, que nous désignions traditionnellement à l'américaine : « Goofy », mettant ainsi fin à cinq ans de brouille.

« Cinq ans. » Là-bas, le temps ne s'écoulait pas comme dans le monde normal. Il ne se divisait pas en secondes, en minutes ou en heures. C'était un temps spécial où les durées s'abolissaient pour ne former qu'un grand rire forcé qui s'étirait à l'infini. L'eau qui s'écoulait sous le pont Peter Pan était recyclée : il était interdit de vieillir. Sur les faces lisses et dessinées qui rigolaient, le temps glissait comme l'eau sur les galets. La mort nous faisait crédit ; on s'amusait. Mais sous l'habit drôle du Mickey-qui-nemeurt-jamais, les années couraient deux fois plus vite, elles dévoraient tout sur leur passage. Sous les pirouettes, je commençais à sentir des courbatures ; sous les rictus des rides se dessinaient ; la Grande Parade était un festival de rhumatismes. J'avais trente ans et un bec de canard.

Il était trop tard. Trop tard pour avoir froid sur les glaciers, trop tard pour avoir peur dans les ravins. Je n'avais pas eu faim très souvent. Je connaissais mal la vie des babouins, et les baleines bleues m'étaient mystérieuses. J'avais connu les tempêtes, le désert, j'étais allé en Amazonie, j'avais fumé le narghilé dans les rues d'Alep. J'appelais ça des aventures, mais ce n'étaient que des voyages balisés, de petites expériences sur mesure. Mes frousses étaient normalisées. J'avais même eu le temps de prendre des photos. J'avais regardé dans un catalogue. C'était marqué « circuit aventures ». Alors j'étais parti. Il y avait aventure du 14 au 28, pour 4 800 francs par personne. Il y avait aventure tous les jours, de huit heures à midi et de quatorze heures à dix-huit heures trente.

Je partageais mes frissons avec des salariés de Tourcoing, de Narbonne, de Louviers. Ils travaillaient dans un bureau pendant toute l'année. Chaque été, ils partaient dans la jungle, sur les océans, au bout du monde avec leur femme, croisaient des tigres, arpentaient des collines, se perdaient vaguement dans le désert, se retrouvaient, visitaient les souks et apprenaient les rudiments du turc, de l'arabe ou de l'hindou, avaient quelques coliques. Ils revenaient de loin sans jamais y être vraiment allés.

Sabine est en sueur. Jean-Louis prend des médicaments spéciaux. Les moustiques ont attaqué Robert. Le furoncle de Louise s'est infecté. Cela fera des souvenirs, vive la sueur et les sacs à dos. Nous raconterons nos crampes. Nos hématomes. Nos piqûres. Nous avons failli nous perdre. Nous avons failli nous faire attaquer. Nous avons failli nous noyer. Nous avons failli nous faire enlever. Nous avons failli avoir la fièvre jaune. Nous avons failli nous faire dévorer. Nous avons failli y rester. Nous avons failli vivre. C'est la grande aventure du *presque*. Voilà la vraie tristesse de ma vie minuscule : j'étais *presque* un aventurier. Je partais loin, mais pour faire et dire les mêmes choses qu'ici. Partout où j'allais, je restais désespérément ce que j'étais. Je parlais chiffons parmi les bambous. Je parlais de Philippe Sollers ou de Raymond Barre dans une forêt de baobabs, au milieu des requins, sur le sable orange d'une étendue syrienne. J'exportais mes remparts. Je ne partais que pour revenir, dire que j'étais parti. Là-bas n'avait de sens qu'ici.

J'avais acheté un billet pour La Havane. C'était à l'époque où les radios passaient en boucle « Smells Like Teen Spirit » de Nirvana et « Joy » de François Feldman. Ici, à Paris, à Francfort, à Londres, les filles ne voulaient pas de moi. Elles étaient toujours et sans cesse ma meilleure amie. Je n'avais pas le droit de passer ma main dans leurs cheveux, elles gardaient leur corps pour un autre. Là-bas, à Cuba, c'était un peu différent. Elles m'avaient trouvé beau. Elles m'avaient trouvé drôle, et pourtant je ne parlais pas un mot d'espagnol. Etrange contrée où mes tares se métamorphosaient en qualités, mes atours déliquescents en morceaux d'éphèbe. A Paris je dégoûtais, à La Havane je plaisais. J'étais un séducteur ; j'arpentais les rues la gorge haute et le torse bombé.

Les plus belles femmes du monde étaient à mes pieds ; je faisais mes courses. La Havane, c'est Auchan. Je ne sélectionnais que les produits frais. Une fille de trente ans ? Je ne la regardais pas, sauf pour la plaindre : la pauvre ne profiterait pas de mon *sex appeal*. Enfin un pays où les femmes étaient à la fois sublimes et originales : délaissant les sentiers battus, les Cubaines, par un goût du raffinement qui les honorait, semblaient préférer les chauves moustachus ventripotents quinquagénaires aux minets surfeurs bronzés à plaques de chocolat. J'étais Alain Delon.

La vraie subversion était là. La liberté aussi. Qu'est-ce que les filles pouvaient être subversives et libres, à Cuba. Je m'étais promené à Santiago : elles m'avaient escorté, s'étaient disputé ma trogne de petit chimpanzé névropathe. J'étais un dieu ; ça faisait du bien. J'avais acheté de gros cigares dont la fumée formait des volutes dans le ciel bleu que j'apercevais à travers les cuisses de ma dernière fiancée en date.

Le soir, pour aller danser, sur un toit, dans la rue, sur la plage, je changeais de fiancée, non sans avoir partagé un poulet-frites avec celle que j'avais éconduite. Il fallait bien les éconduire, si je voulais profiter du voyage. Il y en avait tant ; elles étaient si fraîches. Elles étaient belles dans leur robe, surtout quand elles faisaient du stop dans la nuit. Je m'arrêtais, elles montaient. C'était un honneur pour elles. Elles étaient heureuses. Le bonheur tenait à peu de choses. La vie était facile. Je ne comprenais plus que Claire, Hildegund, Virginie, Jane ou Véro n'eussent pas voulu coucher avec moi à Paris, Francfort ou Londres. Des coincées, sans doute. Des pauvres filles qui ne connaissaient rien à la vraie vie.

3

Avant de donner ma vie à Donald, j'étais prome-
neur. Je me promenais dans les rues. A la sortie de
l'Ecole supérieure de commerce de Reims, tandis
que Roch Voisine interprétait « Avec Tes Yeux Pretty
Face », on m'avait promis un poste aux *Echos,* mais
cela n'avait été qu'une promesse. Paris est une ville
de prometteurs. On vous appelle, on vous convie, on
vous invite ; la machine à promesses se met en
branle : Paris vous appartient. Je rappelais, timide :
le prometteur était en réunion avec des prometteurs. Le prometteur promettait de me rappeler,
mais on ne savait pas quand. L'automne passait
dans la succession des femmes inaccessibles, des
souvenirs douloureux, des répondeurs muets. Et
j'imaginais, angoissé, mes prometteurs promettant
à d'autres, et tenant peut-être avec ces autres les
promesses qu'ils n'avaient pas tenues avec moi.
J'avais été oublié, je n'étais plus qu'un déjeuner lointain, un coup de fourchette évasif. Le prometteur,
contemplant la carte des desserts comme une carte
d'état-major, s'était gavé de ses promesses, dans la
représentation enivrante qu'offrait le spectacle que
son pouvoir parisien renvoyait aux troupes de salariés qu'il terrorisait d'un mouvement de cigare.

— On a besoin de quelqu'un comme toi. On peut
se tutoyer, non ?

Avec un grand raffinement dans les gestes, Prometteur 8 faisait froid dans le dos. Il avait les cheveux gominés, fumait des cigarillos et dirigeait les pages « Economie » dans un hebdomadaire national conçu pour les cadres dépressifs. Il y signait des articles sur les taux d'intérêt ou le traité de Maastricht. Comme tous ceux qui se détestent, il avait pour les puissants une admiration à faire peur, pour les petits une admiration feinte sur laquelle il asseyait son soi-disant « fair-play », et pour les autres des variantes du mépris de soi qu'il redistribuait comme un juge distribue les peines. Prometteur 8 sentait la brillantine des années noires et avançait dans sa vie professionnelle en léchant mille mondains au mitan, retournant toute la journée les mille compliments que chaque léché lui adressait. Il avait la tête d'un type à envoyer un bouquet de gentianes au secrétaire perpétuel de l'Académie française.

Parfois, je reconnaissais un de mes prometteurs dans une soirée mondaine, un cocktail, une première où j'étais invité « par erreur », ayant eu soin, lors de mes brefs passages dans quelques journaux où j'avais travaillé, de me faire enregistrer sur toutes les listes où il *fallait* figurer. Le souvenir de qui j'étais mettait du temps à s'incruster dans le regard du prometteur. Mais, une fois que j'étais emprisonné dans cette pupille noire, enserré entre deux sourcils circonflexes exaspérés par mon entêtement à exister, il m'éjectait hors de sa conscience d'un battement de cils qui voulait dire « bonjour » en surface mais qui en réalité était un arrêt de mort. N'étais-je pas mort, en effet, puisque j'étais mort pour lui ? Que venais-je troubler ses autres soucis en des lieux que son pouvoir seul, sa puissance journalistique et son autorité éditoriale l'avaient autorisé à pénétrer, le préservant pour un soir de la racaille affamée des pigistes et des petites mains tendues ?

Le battement de cils avait été une raclée, une manière de me dire « n'approche pas », avec dans

ce « n'approche pas » un « on verra ça plus tard »
destiné, non à ce que nous nous voyions effectivement plus tard, mais à me calmer afin d'éviter je ne
sais quel scandale que les gens arrivés passent leur
vie à imaginer, à craindre, de la part de ceux qui ne
sont rien. Leur ennemi n'est pas la vieillesse, c'est
la jeunesse. Ils redoutent moins la mort que la vie.
Surtout lorsqu'il s'agit de la vie concurrente des
autres. Une fois que, par un concours de circonstances qui leur donne des vertiges, ils obtiennent
ce poste qu'ils défendront jusqu'à leur mort, ils ne
bougent plus de peur de faire une bêtise, pétrifiés
dans une pose comme les enfants à « Un deux trois
soleil » dès que celui qui compte se retourne. C'est
la panique, le syndrome « ceux qui n'ont rien
veulent tout ». Dans ce tout, il y a leur bureau et leur
portemanteau. Ils sont très crispés — savent-ils que
la mort approche et qu'elle s'amuse ?

J'écoutais Neil Young qui faisait sortir de sa guitare des solos de fillettes en cris sur une plage de
l'enfance. Je passais des journées entières aux
Halles, dans les odeurs de grecs-frites ou de mar-
rons grillés. Je ne dormais pas. Il n'y avait jamais
rien chez moi pour le petit déjeuner : des pâtes, un
sachet de thé. Et des cornichons. Il m'était arrivé de
ne manger que cela : des cornichons. Lassé du goût
de l'eau, je buvais le jus du bocal, très vinaigré, cul
sec. La nuit, des acidités remontaient, me brûlaient
l'estomac.

Cernes mauves, ventre creux, sans nulle part où
aller, je sortais. Je m'inventais des buts : acheter
Libération gare de l'Est, *Le Figaro* aux Invalides ou
Le Monde sur les Champs. J'allais à la vidéothèque
voir des Jean Yanne (une des grandes figures de
l'année 1972). Si je retournais dans les années
soixante-dix, c'est parce que dans les années

soixante-dix, les années quatre-vingt-dix n'existaient pas.

Dans la rue, il y avait des milliers d'êtres humains. Ils se pressaient autour de moi ; ils me bousculaient, ils allaient au travail avec une certaine violence envers ceux qui n'y allaient pas. Leur manière de me bousculer savait que moi, je n'y allais pas. Ils intégraient à leur bousculade, à leur célérité dans les couloirs du métro où ils convergeaient, telle une flèche géante, tous dans la même direction (celle du travail rémunéré), une supériorité qui semblait dire : « Je sais ce que c'est de ne pas en avoir, mais moi j'en ai. » Les salariés ont une manière bien à eux de bousculer. Tout est dans l'épaule. Ce sont des épaules spéciales. Des épaules rémunérées. Elles sont comme greffées sur cette chair qui fait des chèques, en endosse, possède des « tickets-restaurant ».

Oui, les autres avaient un *salaire*. Les autres avaient un *métier*. Des milliards d'êtres humains étaient nantis d'une *profession*. Sans doute, j'avais été distrait quelques instants, et le monde entier en avait profité pour trouver du travail derrière mon dos. Peut-être même y avait-il eu une grande journée spéciale où des fonctions, des métiers, des professions, des responsabilités, des vocations, des statuts, des bureaux, des avantages, des salaires, des emplois du temps avaient été distribués aux gens sans que j'en fusse informé.

Comme chez Aristote la pierre est faite pour la chute et la fumée pour s'élever dans les airs, il m'apparut bien vite que l'être humain était destiné au salariat. Il fallait que ça *tombe* à la fin du mois.

Le matin, par définition du mot « matin », les gens s'engouffraient à grande vitesse dans les couloirs du métro. Et puis : ils sortaient du métro pour s'engouffrer dans les bureaux d'une entreprise. A midi, ils s'engouffraient dans des cantines. Le soir, ils rentraient s'engouffrer dans leur famille ; un peu plus tard, ils s'engouffraient au fond de leur lit. Le week-end, ils s'engouffraient dans des salles de cinéma pour voir les films que d'autres engouffrés leur avaient conseillé d'aller voir. Je ne croisais que des engouffrés. Les engouffrés aimaient parler de leurs salaires ; ils les comparaient.

Les engouffrés possédaient un bureau, avec un téléphone dessus. Lorsque je faisais un numéro de téléphone au hasard, je tombais toujours chez un engouffré ou une engouffrée. Ils me rappelaient parce qu'ils possédaient un « mouchard ». Les engouffrés avaient toutes sortes de cartes étranges, souvent à puces : des cartes pour le cinéma, pour la FNAC, pour la Sécurité sociale, pour les parkings. Les engouffrés étaient des abonnés. Ils étaient abonnés à l'existence. La vie était pour eux une prestation de service. Ils avaient demandé sur le destin une petite ristourne, un petit avantage, que Dieu leur avait volontiers accordé : celui de ne pas faire trop de bruit, de posséder une voiture et d'être anonymes dedans.

Ils collectionnaient les points vie comme les points Carrefour, les bonus Auchan. Les engouffrés ne savaient pas que d'autres formes de vie étaient possibles. Soit en gagnant moins d'argent, très loin d'ici, et en étant un petit peu plus heureux ; soit en gagnant plus d'argent, tout près d'ici, et en étant un tout petit peu moins malheureux.

Nous sommes tous des engouffrés. Notre originalité est partagée par des milliers d'autres. Révoltés ? Nous nous engouffrons dans l'erreur. Géniaux ? Nous nous engouffrons dans une mégalomanie banale. Artistes ? La singularité, elle aussi, est devenue un gouffre. Le moi est désormais un nous. Nous sommes des clones du voisin, des modèles du collègue, parce que écrire, filmer, peindre, composer sont devenus des fonctions et les livres, les films, les toiles, les disques, des produits. Les Salons du livre ont fait des écrivains une profession, comme celle des dentistes ; ils se rendent à des colloques où ils vendent leurs livres comme des épiciers. Ils font des remises sur leur souffle, leurs souffrances, leurs nuits blanches, leurs chagrins d'amour et leur mélancolie maladive. Ce sont des bradeurs d'émotions. Des engouffrés comme les autres. Je passais ma vie engouffré dans un costume de canard.

4

A l'époque où j'avais brigué ce poste, Disney cherchait un Dingo pour la tranche horaire du soir, un Tic et deux Tac, une Mary Poppins et un Donald. C'était le canard qui m'avait le plus tenté. Le jour de l'« interview » (c'est ainsi que l'on appelait, là-bas, l'entretien d'embauche), je m'étais présenté en veste de tweed vert bouteille et chemise Vichy bleue ; je ne portais pas de cravate. On me fit attendre dans une petite salle pendant une heure. J'en profitai pour dresser une liste d'arguments motivant ma démarche. Des candidats malheureux m'avaient mis en garde :

— Tu vas voir, Donald, c'est balèze, ils ne prennent pas n'importe qui... C'est le grade juste en dessous de Mickey... C'est rare qu'ils le donnent à un débutant. Je sais de quoi je parle, mon père faisait Brock, de Brock et Schnock, dans *Les Visiteurs du mercredi*...

La veille, j'avais feuilleté un *Picsou* à la gare de l'Est. J'y avais retrouvé Daisy, Mickey, Minnie et Donald, bien sûr, qui, se tordant dans tous les sens, s'avançait comme une reproduction elliptique de moi-même.

Une porte s'ouvrit brusquement : un petit monsieur au costume étriqué m'invita à le suivre. Au bout d'un long couloir, j'entendis hurler mon nom.

J'allais devoir faire pénétrer tout ma masse dans

sa conscience hostile ; face à moi se tenait, buté comme un soldat de plomb qui ne connaît des guerres napoléoniennes que sa position près d'une plante verte ou sur un coin de moquette, un rouquin à bouc. Il portait des culs de bouteille ; il s'appelait Coq.

J'avais lu Chateaubriand, annoté Proust, dévoré Jung, adoré Brecht, essayé Hegel, vaguement compris où Einstein voulait en venir, et voilà que la partie la plus sincère et désintéressée de moi-même qui s'y était consacrée allait être livrée en pâture à un recruteur professionnel. De ces heures alanguies passées sous un tilleul ou dans l'herbe fraîche à goûter la truculence d'un aphorisme de Vauvenargues ou d'une lettre d'amour de Stendhal à Mathilde, de mille matinées gratuites découpées en chapitres à la cadence de Voltaire ou de Péguy, j'allais devoir faire un outil de persuasion, un exercice répertorié qui pût pousser une société américaine à faire de moi son salarié.

Gide, Voltaire, Chateaubriand, Rimbaud, Shakespeare, Gombrowicz n'étaient plus, prononcés dans ma bouche qui deviendrait un bec, que des noms d'armes rangées dans l'arsenal de ma rhétorique ; ils étaient devenus les noms génériques qui attesteraient de ma culture générale. Balzac n'était plus un grand écrivain : c'était une bonne réponse. Nous vivons dans un monde où, pour s'occuper de contrôle de gestion dans une PME dijonnaise spécialisée dans le matériel de jardinage, il s'agit, armé de huit années d'université et de treize diplômes (dont obligatoirement un de mécanique quantique et trois de langues orientales), d'être capable d'apprécier la profondeur liquide des bleus de Vermeer et d'émettre des hypothèses sur la manière, trop véloce et presque surjouée, dont Augustin Dumay exécute le *Concerto pour violon n° 4* de Mozart. La pensée de Martin Heidegger n'apparaissait plus que comme un atout supplémentaire, un *petit plus,* pour passer mes journées dans le costume de Donald Duck.

Il fit un geste qui voulait dire « installez-vous ». Je regardais son petit bouc roux insupportable. Il avait un stylo bic dans la main et faisait des croix dans des cases.

— Quelle est votre couleur préférée ?

Il y avait un piège. Je me concentrai. J'essayai de deviner la « bonne » réponse. Je pensai au coloris du caban de Donald.

— Le bleu.

Coq cocha une case ; il affichait une consternation aussi sourde que si j'avais remis en cause l'existence des camps de la mort. Il me fixa sans ciller, comme s'il attendait, après l'audace d'un tel aveu (qui semblait être interprété par lui comme la plus impardonnable des provocations), sinon des excuses, du moins des explications motivées. Sans qu'il m'y exhortât de vive voix, j'entrepris en bredouillant de justifier l'inexcusable et de plaider l'impossible.

— Oui. Le bleu comme la mer, qui... Bleu comme le ciel, aussi. Il y a un livre de Georges Bataille qui s'appelle *Le Bleu du ciel.*

— Qui est un ouvrage pornographique.

— Non, je... C'est un roman qui...

— Vous citez des titres de livres comme ça, sans les avoir lus. Est-ce chez vous une nécessité de briller par les apparences ?

— Non pas du tout...

— Ça fait deux fois que vous commencez vos phrases par « non ». Etes-vous nihiliste ?

— Non...

— Pourquoi, selon vous, devrions-nous vous prendre pour incarner Donald Duck ?

— Parce que je lui ressemble un peu...

— Vous êtes caractériel ?

— Non pas du tout !

— Donald est un caractériel.

— Je voulais dire que j'ai la même énergie que lui...

— Vous avez de la sympathie pour Donald ?

— Ben oui...

— Personnellement, je le trouve odieux et je pense qu'il représente même un vrai danger pour la société civile : il est cupide, anarchiste, lâche et misogyne. J'aimerais que vous m'expliquiez comment vous arrivez à assumer votre position à ce sujet.

— Donald n'a pas que des défauts...

— Par exemple ?

— Il lui arrive d'aider les gens...

— Qui ?

— Ben... Mickey, Dingo...

— Vous appelez ça des gens ? Ça je vais le noter dans votre dossier, c'est très intéressant.

— Donald s'occupe de ses neveux...

— Vous croyez que c'est normal d'appliquer à ses neveux l'affection refoulée qu'on devrait avoir à l'égard de ses propres enfants ?

— Donald n'a pas d'enfants...

— Pourquoi, d'après vous ?

— Pour éviter la question de la reproduction... L'univers de Disney est asexué... C'est comme Tintin, on ne sait rien sur la sexualité de Tintin...

— Vous n'êtes pas chez Tintin ici.

— C'était juste une comparaison...

— Vous avez toujours raison.

— Non : j'adore la discussion, argumenter, c'est tout.

— C'est un peu embêtant : vous savez que votre métier consistera à vous taire. Les personnages ne doivent pas parler, afin de ne pas dénaturer l'imaginaire des enfants...

— Je voudrais vous dire que je suis vraiment prêt à tout donner si jamais je devais obtenir ce job...

— Ce quoi ?

— Ben ce job...

— Ah parce que dans votre esprit, si je passe dix heures par jour dans cette pièce à écouter des gens comme vous qui me racontent leur vie, c'est pour proposer des jobs d'été...

— Le mot « job » n'était pas péjoratif.

— Vous avez un problème avec l'argent ?

— J'ai des problèmes d'argent, mais pas avec.

— Je peux vous toucher ?

— Je ne comprends pas.

— Donc vous ne voulez pas que je vous touche ?

— Heu, ben non.

— Très bien : vous expliquerez sans doute la même chose, sachant que vous n'avez pas le droit de l'ouvrir, aux milliers de gosses qui viendront vous tripoter la queue ou le jabot toute la journée. Votre couleur préférée est toujours le bleu ?

— Oui...

— Vous êtes sûr ?

— Oui...

— Très bien. Merci. Vous saurez d'ici la semaine prochaine si vous avez été sélectionné pour les écrits.

Rentré chez moi, je pris un bain ; je m'y sentis un peu canard. Trente ans, vers quel horizon ?

C'est à trente ans que nous comprenons que, pour la première fois de notre vie, l'espoir n'est plus exclusivement situé dans l'avenir, mais aussi dans le passé. C'est à trente ans que nous apprenons à espérer à l'envers, à attendre autant d'hier que de demain, aussi heureux d'avoir encore à vivre longtemps que d'avoir un peu vécu déjà. Il existe, à cet âge, une sorte de futur à rebours qui, loin de se confondre avec le chagrin, contient non seulement ce que nous sommes, mais ce que nous n'avons pas encore achevé d'être.

Il est trop tard pour le rêve, mais trop tôt pour le remords, et c'est cet espace intermédiaire, cette interface entre le monde des morts et celui des mortels qu'explore l'âge de trente ans. Nous visitons plus souvent les jours enfuis, nous partons en voyage dans les années abolies. Nous n'avons plus pour seule obsession celle du temps à remplir, et nous nous tournons volontiers vers le temps rempli.

Il m'avait fallu atteindre l'âge de trente ans, aussi distant du début de la vie que du début de la mort, pour admettre, dans ce monde sans cesse parcouru par les mouvements convulsifs des êtres qui se cherchent l'un l'autre, que l'amour est la seule réalité possible. Toujours précaire, puisque tel est le destin d'une flamme, il était plus simple qu'à vingt ans parce que j'avais la force, enfin, de le préférer au reste. Ce « reste » était la somme de toutes les activités professionnelles, politiques, sportives, sociales et culturelles que les hommes ont inventées pour les hommes, dans leur souci de faire patienter la mort en se cultivant un peu, en mangeant beaucoup.

Mon amour pour la femme qui serait celle de ma vie, fidèle aux sensations d'une plage de 1972 mise en musique par Neil Young, se trouvait projeté dans un monde étranger à l'agitation quotidienne.

Je n'avais plus, à trente ans, à ce moment de l'existence où les certitudes deviennent des hypothèses, le souci de la fonction ni le goût de la carrière. La réussite est la forme la plus subtile de l'échec.

L'amour nous protège des tentations de l'ascension sociale, mais il est la seule issue possible face au monde de l'entreprise. Lui seul me permettait de vivre une vraie vie faite de vie ou de mort. Rien n'est plus médiocre que de vouloir devenir un grand homme : cette grandeur est assujettie à une fonction précise au sein de la société. Elle charrie un je-ne-sais-quoi de médical.

Les hommes politiques, les scientifiques, les

architectes ne sont jamais tout à fait des hommes, mais des prête-noms déguisés en vie. La réalité n'est jamais faite des trottoirs où les salariés se pressent, le matin, ravagés par les importances microscopiques que leur invente le monde qui les dessine et les défait.

Grâce à l'amour, la politique n'existait pas, ni les salaires, ni les cours de la Bourse. La mondialisation ne venait pas jusque dans mon lit. Autiste, irresponsable, imbécile et buté, j'acceptais enfin, à trente ans, d'éprouver une réalité parallèle à la réalité sociale du monde.

J'avais appris à ne plus vouloir être riche ; Donald à mi-temps était rémunéré une misère. Ce que j'avais appelé autrefois la survie n'était finalement que la vie, et l'avenir, qui m'avait semblé infini, je commençais à comprendre qu'il ne serait que la succession de journées minuscules que j'aurais à remplir sans mourir.

Notre corps est là, livré à ce qui lui reste à vivre, attendant sa fin quand nous rions, pleurons, discutons, relisons un chef-d'œuvre. A vingt ans, nous n'imaginons jamais que nous aurons trente ans un jour. Mais à trente, nous savons que nous en avons déjà presque quarante, que ce *presque*, de proche en proche, s'appelle la mort.

La mort n'est pas soudaine ; elle est millimétrique. Elle travaille dans nos veines, à la manière d'un compas dont le cercle tracé, chaque matin, marque un diamètre inférieur au précédent, et ainsi de suite. La décomposition agit, tranquille, dans l'impunité vitale qui nous donne du souffle, puis un peu moins, jusqu'à ce que le dernier souffle devienne un dernier soupir, mot poétique inventé par des trentenaires pour faire face au rendez-vous imminent, car la mort est toujours et sans cesse imminente.

C'est la dernière fois, à trente ans, que ce corps marche aussi bien, qu'il sait si bien faire l'amour aux femmes : plus instruit qu'à vingt ans, nous sommes plus vigoureux qu'à quarante. Nous savons la fragilité d'un instant, et c'est pourquoi chaque caresse pèse davantage, ployant sous le poids de l'approche de cette fin qui ne vient jamais, mais qui pourtant est là déjà, sur nos épaules. A trente ans, nous pouvons faire l'amour à des filles de vingt ans et à des femmes de quarante. Nous sommes les meilleurs observateurs de l'amour, situés à la meilleure place. Au centre géométrique de l'amour. Nous sommes le barycentre de la vie sexuelle. Le temps, à trente ans, se gaspille encore un peu, mais nous savons reconnaître qu'il s'agit d'un gâchis. Tout devient plus grave — et par conséquent plus précieux.

Les années passent vite, mais les secondes sont dilatables à l'infini dès lors que nous les chargeons d'étreintes, de souvenirs d'étreintes, de perspectives d'étreintes. Entre avenir et passé, le moment présent balance, hésite, et se prolonge sous un drap, mêlé de peau, de sueur et de griffes, la nuit, à l'aube, le jour, viens, tu es belle, je suis jeune et je suis vieux, j'ai trente ans : le meilleur âge pour aimer.

5

La salle d'examens rappelait celle du bac ou des concours d'entrée aux grandes écoles ; chaque table était séparée de la table voisine par une distance réglementaire d'environ un mètre ; des pastilles étaient collées à nos emplacements respectifs sur lesquelles nous attendaient nos nom, prénoms, numéro d'inscription et nationalité. Nous étions soixante candidats rescapés du premier entretien. Les notes de l'oral ne seraient communiquées qu'à l'issue de ce parcours du combattant de l'absurde où, avant d'être reconnu apte à bouger son corps au milieu des enfants gâtés sous un costume à large bec ou à gros museau, il fallait avoir fait preuve d'esprit de compétition, de maîtrise de soi et de culture générale.

J'étais prêt : j'avais compulsé les annales des années précédentes entre les oraux et les écrits. J'avais même pu me fournir les corrigés via Internet, puisqu'en surfant sur le web, je m'aperçus que la plupart des sujets tombés dans l'Académie de Paris n'étaient que des compilations de ceux proposés dans les Académies d'Orlando, de Los Angeles et de Tokyo. Le sujet de dissertation sur lequel je tombai s'inspirait directement d'Orlando 81.

L'ambiance était à la nervosité générale. En s'installant, chacun déballait ses affaires (son Mars et sa petite bouteille d'Evian). On s'espionnait un peu les uns les autres. Chacun tentait de déceler, dans la manie du voisin, un signe qui pût renseigner sur ses chances de succès. Dix pour cent seulement d'entre nous seraient retenus.

J'opérai, au jeté, une première sélection intuitive en scrutant l'allure de mes adversaires. Hélas, les concours ont toujours eu cette particularité d'éconduire les pronostics. Cet inrockuptible crasseux, qui se levait tous les quarts d'heure pour tirer sur son joint pendant que vous planchiez sur la politique agricole des Douze dans l'espoir d'être admissible à HEC, l'obèse à l'air idiot qui soufflait comme un bœuf et suait des litres sur le compte duquel vous vous rassuriez (il ne semblait pas, lui non plus, comprendre quoi que ce fût à ce problème de couplage des bosons intermédiaires W– et W+ avec les leptons) aux écrits de Centrale, vous apprenez un beau jour qu'ils ont intégré haut la main les établissements qui ne resteront pour vous qu'un rêve.

Le monde se sépare en deux : non pas ceux qui réussissent et ceux qui échouent, mais ceux qui réussissent et ceux qui ont failli réussir. On n'entendra jamais un recalé préciser autre chose qu'il s'en fût fallu d'un doigt pour qu'il obtînt ce pourquoi il avait sacrifié tant d'années de sa vie. Toujours ce *presque* qui rend fous les hommes éconduits, déclenche les crimes et prépare les guerres.

Dans le seul mot d'« échec » est contenue la distance microscopique qui nous sépare de la gloire. Ceux qui manquent de très loin leurs objectifs ne peuvent en souffrir : ils sont semblables à ces enfants qui, l'œil rivé à la lunette d'un télescope, tendent le bras pour toucher la lune.

Habitué à ce qu'on nomme les « aléas des concours », je ne me souciai pas de mes voisins. Pour rendre l'atmosphère plus conviviale, nos « surveillants » avaient revêtu les panoplies des personnages de Disney. Ce fut donc Elliot le Dragon, Minnie, Robin des Bois, Pluto et l'un des Sept Nains (je crois me souvenir qu'il s'agissait de Grincheux) qui nous surveilleraient pendant les épreuves. C'était à eux qu'il faudrait demander de nouvelles feuilles de brouillon ou l'autorisation d'aller aux toilettes.

Avant de distribuer les sujets, ils nous avaient avertis que « tout candidat surpris en train de frauder, que ce soit en parlant, en communiquant par gestes ou en utilisant des documents non autorisés, serait exclu sur-le-champ avec impossibilité de postuler au statut de *cast member* pour le restant de ses jours ». Cela avait valeur internationale, si bien que se faire prendre la main dans le sac à Paris, c'était en même temps se griller à Tokyo, Los Angeles ou Orlando.

Dans un silence de mort, nous attendions qu'Elliot, Minnie, Grincheux, Robin et Pluto distribuassent les sujets. Soudain pénétra dans la salle un petit chauve à moustache, très raide, qui tendit à Grincheux un paquet revêtu d'un plastique noir. Celui-ci le remercia, puis arracha le paquet.

— Vous avez quatre heures. Je vous rappelle que personne ne pourra sortir de la salle pendant la première heure. Bonne chance.

Nous eûmes le choix entre deux sujets. Sujet 1 : « Portées et limites de l'anthropomorphisme chez Disney. » Le sujet 2 était un texte à commenter :

En élargissant la conception de l'amour, Mickey, Donald et leurs amis n'ont rien créé de nouveau. Mais ils ont su substituer à la notion de rêve impossible l'idée d'un mensonge sans menteur, d'un songe devenu réalité. Notre métier est, non d'empêcher la vieillesse ou de faire rajeunir qui que ce fût, mais de substituer à la temporalité quotidienne une autre temporalité, inébranlable, civilisatrice, prévisible et rassurante, dont l'écoulement ne saurait se mesurer qu'à l'aune du divertissement. Il existe deux attitudes envers l'Histoire. La première, consiste à épouser la réalité ou à la nier (mais la nier, c'est encore s'y référer) ; la seconde consiste à la reconnaître en se plaçant d'emblée au-dessus des principes qu'elle induit et tente d'élever jusqu'à l'universel. Mickey, Donald, Pluto offrent ainsi, sans vision manichéenne de la réalité, une issue possible à la contingence de l'existence humaine en prônant l'ambivalence souris/homme (ou canard/homme ou chien/homme) à travers laquelle, sans proposer de vision totalement inédite de l'univers, ils structurent celui déjà existant selon l'ordre de leur fantasmagorie propre.

Walt Disney, *Leçons sur le divertissement*,
Disney Press, 1958.

(Vous montrerez, à l'aide d'exemples précis, comment le règne animal se fond dans le dessein de l'humanité pour la sauver.)

Je pris le premier sujet. Lorsque je levai la tête, on nous prévint qu'on entrait dans le dernier quart d'heure du temps imparti.

— Il vous reste neuf cents secondes ! clama Pluto.

6

Un jour, tu verras
On se rencontrera
Quelque part, n'importe où
Guidés par le hasard
Nous nous regarderons
Et nous nous sourirons

Michel DELPECH, *Un jour tu verras.*

Après mon hospitalisation, je retrouvai mon appartement. J'ouvris l'enveloppe dans laquelle dormaient des photos d'Anne que j'avais découpées dans les journaux datés du samedi 22 juillet 1972. Je revis son visage aboli, son sourire de morte. J'avais failli la rejoindre. Elle m'arracha des larmes. Son corps gonflé venait flotter sous mes couvertures. Jamais les femmes qui m'avaient aimé ne surent que, dans le secret des nuits partagées, j'en caressais une autre qu'elles.

Comme la vie d'Anne n'avait pas continué, j'imaginais cette continuation dans son amour pour moi quand en réalité elle m'eût peut-être détesté. Mais son destin ne regardait plus que moi.

Au matin du 3 juillet 1995 je ne savais pas encore que, le soir, j'avalerais un morceau de verre. Je m'étais levé normalement. J'avais pris mon RER jusqu'à Marne-la-Vallée. A Disneyland, il faisait une

chaleur étouffante. C'était Tataouine sous Donald.
On lançait des confettis. Mowgli souriait à Cendrillon. Les Sept Nains restaient groupés. Des centaines d'enfants piaillaient. On faisait la queue au
Futuroscope, à la Grotte Magique, à la Lampe d'Ala-
din.

Je suais sous Donald ; je regardais les décolletés.
J'essayais de tomber amoureux d'inconnues
fugaces. Bernard de *Bernard et Bianca* eut un
malaise. Les pompiers se frayèrent un passage au
milieu des visiteurs ; les couleurs bonbon domi-
naient. Ils transportèrent le souriceau rigolard sur un
brancard. Des alligators gentils et des fées douces
tentaient de détourner l'attention des enfants pour
qui le Bernard culte du pays des perlimpinpins
ne pouvait pas s'appeler Mohamed Yayaoui, 39 ans,
célibataire, ancien ajusteur, évacué à la suite d'un
infarctus.

Mohamed avait passé parmi nous, sous un soleil
de plomb, sa dernière journée avec une queue de
raton agrafée aux fesses. Les enfants s'étaient attar-
dés sur ce spectacle intéressant où la réalité était
venue bousculer les songes. Ils avaient appris que
Disney a recours à des corps humains. Des infir-
miers avaient tenté de ranimer le mulot à gapette
qui suffoquait dans son habit débile. Un attroupe-
ment s'était créé. On avait délaissé le Visionarium
ou l'Orbitron, la Petite Maison des Jouets ou la
Bogetta di Geppetto (adorable magasin en bois,
avec des poupées en bois, des marionnettes, des
boîtes à musique et des horloges à coucou) pour ne
pas perdre une miette de la crise cardiaque du ron-
geur salarié.

Des gendarmes étaient venus disperser les
curieux : s'agissait-il de la police municipale de
Mickeyville ? Certains crurent à un sketch. On accusait Cruella. On guettait le moment où l'on arrache-
rait le masque du souriceau : quelle tête habitait
sous la casquette de Bernard ?

Je repris mon poste. Le canard était en nage. J'aurais donné l'Empire Disney pour un Coca glacé à l'Auberge de Cendrillon. Sous ma mousse gentille avec les enfants du monde entier, je pensais qu'Anne était morte à leur âge. Soudain, un refrain couleur canyon, quelque chose de vert et de frais comme était dans mon esprit verte et fraîche l'année 1972 (avec des tendances à l'orange poudreux quand tombait le soir), remonta en moi, exhalant sa chaleur et ses irisations, sa tempête de feuilles gonflées ; une à une, les notes se dépliaient dans l'air en des oscillations qui ridaient les flaques.

L'atmosphère me restituait « Alabama ». C'était sur Neil Young que s'était déroulé le bleu de l'été 1972, ses cris dans l'eau et la géographie bosselée de ses plages. C'était sur « Alabama » qu'on avait fait pousser des pins à la résine amère et des tilleuls pour canifs d'amoureux ; et comme la corde de Neil vibrait encore en recueillant toute cette lumière qui ne reviendrait plus, que cet été-là s'entassait, se compilait sur une palpitation de vinyle, j'avais eu envie de chanter à mon tour. Les cendres noires d'une fonderie, non loin du parc Disney, pendaient comme une capuche. Le grain avait éclos ; le printemps s'insinuait.

— Viens près de moi, ma chérie.

Et c'était une chérie nouvelle que je devais offrir à ma vie ; je pensais à un morceau de Foreigner, de l'album *4* en 1981 :

> *I've been waiting for someone new*
> *To make me feel alive*

Il me fallait une chérie neuve moins marquée par la mort : une femme vivante de trente ans. Je ne pouvais passer mon existence dans les draps de pierre d'une fillette décorée de limon. Certes, momifiée par Neil Young et le rivage bleu du passé, Anne était parfaite et jolie. Mais son corps ne s'offrait pas. Elle n'avait aucun sujet de conversation.

Dans le parc d'attractions, les femmes virevoltaient. Leurs seins pesaient. Elles couraient après leurs enfants. Certaines avaient des cheveux jaunes et longs. D'autres, plus brunes, venaient d'Arabie. Au bout de leurs doigts serrés, il y avait parfois des hommes. Je n'aimais pas les hommes des femmes. Ils portaient des chemises roses à manches courtes et des cravates de golfeurs. Ils s'imaginaient que les beaux jours les rendaient éternels. Le soir, une fois consommés les frites des restaurants de cow-boy et les Coca-Cola Cendrillon, ils rentraient dans le noir faire des choses précises aux femmes que j'avais passé la journée à observer à l'abri de mon costume à bec.

Sous la forme de l'une d'elles, de n'importe laquelle d'entre elles, je cherchais mon destin. Je voulais qu'une brune, une rousse, vînt frôler ma taille, m'ôter mon barda et m'épouser sur-le-champ. Je ne pétrissais personne en rentrant chez moi. Pendant ce temps, les hommes des femmes, eux, introduisaient des parties de leur corps dans des parties de corps de femme. C'était d'une grande injustice. Mais la solitude appelle la solitude, et chaque amoureuse qu'on laisse filer rend un peu plus difficile l'accès à la prochaine. Il faisait froid dans mon studio. La solitude n'est qu'une allégorie morbide du mot « fin ». J'attendais ma libératrice : le vrai commencement d'une existence digne.

Ma vie s'écoulait, s'écroulait sous Donald. Ce fut le morceau de verre gobé comme un insecte, la station Alésia ; j'avais souhaité la fin tragique d'un canard boiteux. Disney m'avait accepté ; la mort me recala. On m'accordait un sursis sur la planète des femmes qui partent. A part les Who sur « Behind Blue Eyes », personne ne savait ce que c'était d'être un vilain petit canard :

> *No one knows what it's like*
> *To be the bad man*
> *To be the sad man*
> *Behind blue eyes*

> *No one knows what it's like*
> *To be hated*
> *To be fated*
> *To telling only lies*

Je n'avais jamais su faire que gâcher ; j'étais gâcheur. Vivre à mes côtés était impossible. Les femmes m'aimaient bien ; j'eusse bien aimé qu'elles m'aimassent. La seule chose qui les gênait vraiment chez moi, c'était moi. Je les terrorisais avec mon bagage énorme de chimères et de mondes. Elles avaient peur. Mes tripes leur faisaient mal au cœur. Elles finissaient toujours par partir sur des grosses motos avec des prothésistes dentaires ou des informaticiens. Elles respiraient enfin. Elles découvraient d'autres sueurs, dans d'autres bras. Elles s'épanchaient sur d'autres torses, à ma santé. Je n'étais plus qu'une parenthèse. Je cherchais à les rattraper. En vain : c'était un autre qu'elles voulaient. Loin de mes cancaneries inavouables, elles s'essayaient au bonheur : besoin de sécurité, confiance réciproque, envie d'équilibre, etc. Elles fuyaient à jamais les jaloux, les excessifs, les paranoïaques, les possessifs et les dépendants — autant de monstres dont j'étais la synthèse.

J'assume : l'amour sans cancer, je laisse ça aux romantiques et aux pornocrates, ces deux extrêmes de la vulgarité. Les premiers encensent quand les seconds ensemencent. Suicide pour les uns, petite

mort pour les autres. Erreur : c'est dans la commu-
nion des deux que s'improvisent les nirvanas.
L'amour est une tumeur, un polype, une excrois-
sance. L'amour est insoutenable, c'est ça ou la mort.
On est amant par contumace. Les lits sont des
chaises électriques. L'amour sans écorchures bien à
vif, sans sel sur les brûlures ou les plaies, l'amour
sans supplices de gifles et de griffes dans les matins
de doute, l'amour sans haine, sans crachats ni écha-
fauds, cet amour-là ne m'intéresse pas. Il n'est
qu'onanisme en phase. Ce qu'il faut, pour aimer,
c'est un peu de mort. Sans cesse je gâte la passion,
je la menace afin d'en raffermir la texture. Je blas-
phème, je mens, j'injurie, je pince, je mords, je
découpe, je tords et je casse, je démets, dans
l'attente d'une autre naissance, plus neuve. Sans ce
théâtre de cruauté, autant jouir seul en sanitaire,
coupable et laid. Détruire son couple : voilà l'incon-
sciente recette. Dynamiter de méchancetés, de
sadismes, plastiquer d'insinuations inacceptables,
infondées bien sûr, le feutre douillet du nid d'amour,
offrir des bouquets de chardons, des gerbes de
ronces, lancer des couteaux qui fendent le cœur.
Cordes raides, fils de rasoir, bords de gouffres.
L'amour se suicide tous les jours, sinon il meurt.

7

J'avais aimé des femmes qui m'avaient oublié,
J'avais suivi leurs pas du lit vers l'horizon
Et ressassé leurs cendres comme on chante un couplet ;
Maintenant je suis seul enfermé dans leur nom.

Sous le drap je refais le chemin des caresses
Et j'étreins les fantômes d'un vieux rêve endeuillé ;
Elles passent encore ici, déguisées en promesses,
Et s'évanouissent chaque fois au moment de rester.

Je me souviens des cils, des sourires et des joues,
De six grains de beauté, d'une démarche lente,
Des taxis pris la nuit, des prières à genoux
Ou d'un bijou offert pour ne plus qu'elles me mentent.

Je sais que l'avenir est prénom de la mort,
Travesti en rupture, en solitude, en noir
Arrache l'être aimé à qui l'aimait encore
Et rend sa liberté à ce qui fut hasard.

Elles ne reviendront pas, elles ne reviennent jamais,
Parce que les bras des hommes sont nombreux sur la
[terre,
Qui la veulent et la serrent et font de leurs journées
Des attentes du soir où l'étreinte est sévère.

Elles aiment le tendon dur, la blondeur et le musc
Des vainqueurs silencieux qui d'un doigt les soulèvent,

De ces grands torses calmes qu'aucune injure n'offusque
Et contre qui se battre, d'une folie relève.

Que font-elles, amoureuses, aujourd'hui que je pleure,
Dans quelle ombre perdue continuent-elles d'être ?
Qui sont-elles maintenant dans leur nouveau bonheur,
Sous quel béton des villes se tapit leur paraître ?

Elles auront nos enfants avec un autre père
Si différent de moi qu'il ne sera pas moi ;
Et je dis à mon fils, ma fille imaginaires :
Je vous donnerai naissance, peut-être, une autre fois.

Je les devine déjà, ils jouent dans un jardin :
La femme qui les surveille est la femme de ma vie ;
Le sang de mes enfants ne sera pas le mien :
Ils sont nés d'un autre homme, enfantés d'un gâchis.

Dans cette aube où, jadis, des yeux aimants s'ouvraient,
Reste un morceau de songe qui me protège la nuit
Des instants de naufrage et des espoirs usés
Qui servent de relique aux amours abolies.

Le vent qui les emmène est tourné vers demain,
Quand les jours qui m'enterrent ne se lèvent qu'au
L'avenir est enfer, le présent, assassin,   [passé ;
Dès que la vie d'hier empêche d'exister.

J'ai su les corps orange disposés au soleil,
Les bouches gouvernées par un moment d'absence ;
J'ai vu la nuit passer sur des rondeurs pareilles
A la saveur d'un mets qu'agacent les patiences.

Dans les plis de l'hiver, les coulisses de l'été,
J'ai répandu la sueur des frissons de jeunesse
Sur des fragments de femmes qui n'ont fait que laisser
Des lambeaux de brouillard sur des instants de Grèce.

Les grands arbres aux troncs noirs abriteront les
                                              [femmes

Si jamais elles reposent en mon jardin secret ;
Et dans le creux profond les privant du vacarme,
La mort restituera l'amour décommandé.

Elles ne seront que chair éperdue de terreau,
M'écouteront longtemps quand je serai assis
Sur la croix dérisoire où dort le dernier mot
Qu'elles auront prononcé en faveur d'un mari.

Une femme ne se possède qu'au fond de son décès,
Comme la clarté du jour sait définir la nuit ;
Il n'y a que les ronces que nous savons aimer,
Les journées de silence où sa pierre nous dit oui.

C'est que nous plaisons mieux à la mer de cailloux
Qui s'étale en allées sur un rivage herbu
Qu'à ces amours d'antan qui ne veulent pas de nous,
Et ont dédié leurs jours à la gloire d'un intrus.

Mais l'heure est arrivée d'être fidèles enfin
Pour ces chéries mortelles qui furent des évadées,
Et que je récupère dans un habit défunt
Dans lequel elles s'enrobent pour ne pas me parler.

Couchées sur une mousse, leur beauté inutile
N'est plus qu'un souvenir, une plaie, un ennui,
Et leurs palpitations, des horloges immobiles
Où les jours et les nuits ne sont que de la nuit.

Dans la foule où se multipliaient les femmes de
ma vie, je cherchais la plus 1972 de toutes. Les pas-
santes ne donnent jamais d'amour, mais seulement
la sensation fugitive et grave d'avoir gâché sa vie
loin des plus belles. Il faut marcher longtemps pour
rencontrer son destin. Toute cette marchandise de
femmes à aimer, en contrebande, là, dans leur
vitesse piétonne, qu'il faudrait approcher, à qui il
faudrait faire des promesses. La poésie est prête,
inculquons-la aux corps des femmes évasives et
pressées, celles, flouées à jamais, que nous ne croise-

rons qu'une fois. Dans trente ans, quarante, elles seront mortes quelque part, enterrées aux côtés d'un vieil amant cancéreux. Il aura passé sa vie avec celle qui ne fut pour nous qu'une couleur, un parfum au pas rapide, une pierre translucide sous l'averse, une jupe d'été à la terrasse d'un café.

Anne, têtue dans l'éternité de sa glaise, ne m'avait pas échappé. Ma mémoire n'avait pas d'effort à fournir pour la garder auprès de moi. Elle était ma propriété privée. Elle renfermait en elle la collection intégrale de mes jalousies à venir.

Sous Donald, je priais pour que la voix de Neil Young vînt ébaucher, suspendue dans l'air comme un écho indéfiniment retardé, une silhouette de femme à aimer. Lui seul pouvait tracer, presque insensible dans un monde d'or et de souvenirs miroitants sur une mer-72, les traits, l'arôme et la tiédeur d'un corps à qui se vouer. Neil Young me livrerait, par une mélodie déjà ancienne, une main à caresser, un front penché pour m'embrasser dans l'ambre perlé d'une chambrette, une chevelure aux fils noirs et fins. Quand je croiserais le profil de l'inconnue à aimer, il me paraîtrait aussi familier qu'une couleur est familière au fruit à mesure qu'en mûrit le jus. Neil Young me promettait une vraie femme, dont le visage pulpeux, sur « Sail Away », se gonflait de jeune sang dès les premières mesures de « Pocahontas ». Une vraie femme avec des yeux, des lèvres, de vrais yeux et de vraies lèvres, et des joues, de vraies joues aussi.

TROISIÈME PARTIE

Porte de Clignancourt

1

Anissa Corto avait les cheveux noirs. Elle promenait dans la foule son inaccessible existence et surgissait de la pénombre ainsi qu'une attaque fabuleuse. Occupés par les choses, les paysages ou les êtres, ses regards complétaient le monde de leur amitié sincère et d'une présence chaleureuse, mais pour peu qu'ils fussent un instant livrés à eux-mêmes, sans émotion à fixer ni interrogation à trahir, ils recouvraient leur vraie nature magnifique et glaciale dans deux yeux de serpent qui pétrifiaient l'espace. Anissa Corto faisait peur aux hommes. Anissa Corto me faisait peur.

Elle fut aussitôt la femme de ma vie : la figure inventée dans mes nuits coïncida avec le visage dévoilé. Ce n'est pas qu'elle était décevante, ni banale : elle était tout simplement réelle, ce qui, de sa part, était inattendu. Je m'étais promis de la conquérir ; je l'aimais déjà. Je l'avais toujours aimée.

Sans doute un amour n'est-il pas circonscrit, comme la vie, aux dates de sa naissance et de sa mort. Il déborde dans le futur : le sentiment amoureux se perpétue après la rupture, jusqu'à l'oubli progressif et libérateur. Mais l'amour déborde aussi dans le passé, comme si la rencontre de l'être aimé n'était que la concrétisation, la forme vivante d'un amour commencé avant, et qui n'attendait plus qu'un corps précis pour se constituer prisonnier.

J'avais aimé Anissa Corto en 1972, sans la connaître, sur un riff de Neil Young que l'été corrompait de ses émanations brûlantes quand on marchait pieds nus sur des dalles (on ne sait jamais plus de quelles dalles il s'agit, ni ce que sont devenues ces dalles) ; plus loin se déroulait la mer des amoureuses, découpée en lamelles par les pins, sans ligne d'horizon pour partager le dessin des vagues de la surface du ciel.

Anissa Corto avait traversé, elle aussi, cette masse de temps intitulée « 1972 » : modes courtes, écossaises, les genoux blancs des filles, les pantalons serrés des hommes. Elle y avait respiré l'air des petits matins, avait gobé des flocons de neige qui ne tomberont jamais plus. Sur les photos de 1972, des femmes en bikini souriaient dans les flots, rieuses, un ballon rond dans les bras. Derrière elles, au large, brillaient les voiles blanches des bateaux minuscules.

Ç'avait été une année tuba, bernard-l'ermite et ponton. Je nageais sous l'eau pour ramener des trésors : j'arrachais des anémones. Je partais chasser l'espadon : je ramenais des coquillages. Le soir, les lumières de Port-Grimaud n'étaient que des lutins frétillants, très loin, jusqu'à Osaka où Deep Purple avait donné un concert. Je collectionnais des cailloux blancs, des cailloux de 1972. Ils étaient lisses comme un muscle, une note de Neil Young, arrondis par le mouvement de la mer et, s'ils avaient perdu la couleur des profondeurs, ils en avaient conservé le silence.

Je l'avais aimée en 1975, neuf ans avant de la rencontrer. A l'époque, je lisais *Pif Gadget* dans ma chambre, seul, malheureux, attendant la fin des averses pour sortir. Pasolini mourait ; Mike Brant chantait « Dis-lui », morceau aujourd'hui sorti des mémoires, quand on retient plus volontiers « L'Eté Indien » de Joe Dassin ou « Les Mots Bleus » de Christophe. « Les Mots Bleus » avait cette particularité de contenir une charge érotique surprenante ; aussitôt qu'on pensait à une amoureuse, même enfermée dedans les terres, sur les premières notes composées par Jean-Michel Jarre, quelques secondes seulement avant que ne vînt s'y accoler, comme l'hydravion sur une mer d'huile avec coucher de soleil en sus, la voix de Christophe, les larmes montaient aux yeux. C'était mécanique.

Avec « L'Eté Indien », l'effet était un peu différent. Ça sentait le slow pour quadragénaires ; des types à rouflaquettes serraient les hanches des secrétaires joyeuses. Les couples de salariés suaient dans leurs vêtements blancs. Joe Dassin aimait les pantalons blancs, les chemises blanches, les slips blancs, les socquettes blanches et les chaussures blanches. Comme Cerrone.

Je portais un sous-pull vert pomme qui m'irritait la peau du cou. Je collectionnais les gadgets de *Pif* : le « splash », les pois sauteurs du Mexique, la bague à eau, le pendentif de Rahan. Le mercredi matin, sans savoir ce qu'Anissa Corto faisait exactement au même moment, ni où elle se trouvait sur la terre, je regardais, depuis ma fenêtre qui donnait sur un balcon étroit, les jets d'eau sur le gazon.

J'avais aimé Anissa Corto en 1978, sans doute, à dix ans, sur l'herbe glissante du stade Léo-Lagrange où je jouais au rugby avec des chaussures à crampons. Cette année-là, j'abandonnai *Pif* pour *Spirou*, malgré les gadgets. Les héros doivent être renouvelés. Les idoles neuves s'appelaient Tif et Tondu, Gaston Lagaffe, Buck Danny, Sammy ou le Flagada. *Pif*, et le lecteur en était averti sur la couverture, était « tout en récits complets » et s'était ainsi positionné par rapport à son principal concurrent, essentiellement composé d'histoires « à suivre ».

Au printemps 78, le transistor posé dans l'herbe du jardin avait diffusé « Miss You » des Rolling Stones, extrait de l'album *Some Girls*. C'était leur meilleur, à cause de « Beast Of Burden ». Neil Young avait voulu se suicider. Bruit des bottes en caoutchouc sur la grève, odeur de galettes, marée noire. A Saint-Malo, il avait plu ; la voix froissée d'Albert Simon l'avait annoncé sur Europe 1, tôt le matin. J'y retournerai un jour, avec Anissa Corto. Je serai un homme : saurai-je quoi faire avec une existence de femme entre les mains ?

J'étais peut-être tombé amoureux d'Anissa Corto en juillet 1982, feuilletant sur la dalle froide de la piscine de Meung-sur-Loire le dernier *Rock & Folk* où Mick Jagger ouvrait la gueule sur un fond mauve très lisse (ce fameux mauve devenu pour moi le « mauve-82 », comme on le dirait d'un saint-émilion ou d'un château-yquem) ; l'exemplaire, mouillé, plissé par la succession des juillets, fut perdu, jeté, oublié, méprisé.

J'avais aimé Anissa Corto, qui sait, en 1984, dès la gare de l'Est, au moment de composter (meilleur moment des vacances) mon billet pour Vienne, et puis dans la brume, sur une pelouse, en nageant dans le Danube tandis que scintillaient les enseignes SPÖ dans la nuit. N'était-ce pas pour Anissa Corto que je n'avais cessé d'arpenter les allées vertes du Belvédère, dans une sorte de mélancolie précoce, comme un travail de deuil anticipé ? La douleur, c'est en moi que je la recherchais, à la manière d'un archéologue. Le nom d'une femme coïncide-t-il jamais avec autre chose qu'un pincement de cœur ? Souffrir à l'avance ne sert à rien : l'imagination des choses saura nous inventer des formes neuves de martyre, et, plus encore que des souffrances inédites, nous révéler des dispositions inexplorées, sans cesse renouvelables, qui dessineront une existence dédiée à notre propre perte.

2

Anissa Corto, je l'avais, pourquoi pas, aimée en
1990, dans les couloirs de l'Ecole supérieure de
commerce de Reims, pendant les cours de compta-
bilité analytique. De 1990 émanait une désolation
propre aux couleurs de l'hiver, entre le gris du ciel
et le gris de la cendre, qui se déclinait sous toutes
les formes pour m'accabler : que ce fût juin ou
novembre, avril ou mai, chaque mois de 90 déclen-
chait une peine profonde en moi. L'Ecole supérieure
de commerce de Reims se composait d'étudiants fri-
leux, préparant d'arrache-pied leur avenir, avec cette
obsession particulière du lendemain qu'ont tous
ceux qui sont incapables de profiter de l'instant.

Je revois une colline froide et bleue, caillouteuse,
d'où jaillissait une tour de béton lézardée : l'Ecole
supérieure de commerce. La ville des Sacres, endor-
mie dans sa paresse et l'agonie sinistre de ses vieux
hommes, s'éparpillait par monticules de terres
jusqu'aux vignes, où, soûlée par le raisin mûr, la
linotte frappait sa plume hirsute dans l'air multico-
lore. Au pays des bulles, rien ne pétillait tant que la

malice dans l'œil à jeun des femmes, à l'heure où
leurs Jean-Louis se voûtaient pour arpenter les
caves limoneuses. Là, ils goûtaient la vendange,
tiraient des traits sur l'avenir et tendaient leur verre
en direction de dieux flous.

Ils rêvaient aux étudiantes de l'Ecole : des jeunes
filles qui prenaient des notes. Engoncées dans leur
culotte comme le cadavre en sa gaine de sable mor-
tuaire, elles se pressaient, la gorge plate et le menton hautain, vers de grandes salles donnant sur la
plaine. Un moustachu chaussant du 39 les y attendait, le sourcil en nerf et la bacchante rouquine.
Dans un calme d'altitudes et de sherpas, le moustachu, le nez piqué vers ses semelles de crêpe, récitait
de lents poèmes en prose. Ses phrases épiques nous
parlaient souvent de retours d'investissement et de
besoins de fonds de roulement. Cela laissait rêveur :
certains investissements étaient donc susceptibles
de retours ; en outre, il existait sur terre, cette même
terre où l'on ramasse les algues et où les chimpan-
zés dansent sous l'averse, il existait sur la planète
des brumes coruscantes et des aurores boréales des
individus dont les besoins n'étaient nullement la
nourriture, l'eau potable, la pénicilline ou l'amour,
mais le fonds de roulement.

Je connaissais des fonds : sous-marins, à Aqaba
ou à Ilha Grande, ceux de ma poche où tintent les
centimes, ceux des trous, enfin, où gesticulent les
désespérés ; je connaissais l'existence de quelques
roulements : à billes, de hanches ou de fessier, de
l'œil, celui du flux mais c'est un roulis ; l'association
des deux, du fonds et du roulement, liés par le
besoin qui semblait manifestement en découler,
était un mystère. Au tableau, on apercevait des formules et des chiffres. Les francs dansaient, coincés
ou jaillissant des équations, comme le pétrole de
son puits. A la craie, les millions fusaient. Sait-on
que ces écoles n'enseignent du songe que son prix,
de l'avenir que son coût ?

3

Anissa Corto habitait mon quartier. Mes errances dans la rue n'avaient pour destination que le reflet d'une silhouette dans les flaques : la sienne, étonnamment soumise aux lois de la réfraction, de la pluie, de l'existence. Une fois mon idole croisée, je ramenais son visage à la maison. Je le faisais sécher. Corrigeant les erreurs de l'imagination, les approximations de la mémoire par l'extrême fraîcheur du souvenir rapporté, j'ajustais ses contours. Je tentais d'en figer les traits une fois pour toutes : au matin, sa beauté s'était enfuie. Anissa Corto n'était plus qu'une substance minérale et aplatie, sublime comme ce qui s'évapore. De son visage ne subsistait plus que la mémoire de son visage et, dans ce dédoublement où les êtres nous échappent, elle reprenait son altitude.

Chaque fois je la perdais, chaque fois elle était à recommencer. Je sortais la croiser par hasard. Dès qu'elle changeait de coiffure, de sourire, de parapluie, d'humeur, toutes les versions successives d'Anissa Corto, tirées d'un répertoire de postures infini, s'emmêlaient. Anissa Corto contredisait Anissa Corto. La boudeuse contrariait la rieuse ; la souple annulait la rigide. Elle était gaie : une moue soudaine, tout était à refaire. Il fallait l'actualiser chaque jour, corriger les écarts à la moyenne. Je voulais me rapprocher de l'Anissa Corto absolue.

Je m'étais fait une promesse : lui donner des enfants. Lorsqu'elle semblait de mauvaise humeur, mon courage retombait, et, la craignant de nouveau, je différais le moment de l'aborder. Lorsque au contraire elle se cristallisait en moi sous la forme d'un rire frivole ou d'un sourire immense, je progressais dans la témérité, je m'approchais d'elle, l'effleurais avec mon chariot dans les rayons du Franprix. Je lui demandais pardon de l'avoir bousculée. Sa manière de ne pas me voir en répondant « ce n'est rien » me causait d'atroces souffrances : le « rien » de « Ce n'est rien » signalait moins l'absence de gravité que ma relégation dans le néant.

Entre nous s'échafaudait une manière de proximité absurde, unilatérale, à l'intérieur de laquelle je tissais des liens ignorés d'elle, édictant des règles précises qui l'eussent effrayée si elle en avait soupçonné l'existence, comme effraient rétrospectivement ces anonymes croisés sur les grands boulevards et dont on reconnaît le visage à la une des journaux le lendemain, après qu'ils eurent tiré sans raison dans la foule. De la même manière qu'aux échecs, le pion, le fou ou le cavalier, bêtement posés sur leur case dans l'attente d'être placés sur une autre qu'ils jugent identique à la précédente, ne soupçonnent pas les enjeux que leur position représente pour la partie tout entière, Anissa Corto ne pouvait deviner la conséquence de ses actes sur ma vie, sur nos vies.

J'adorais son côté chat défait, ce regard en couteau. De ses sourires ou de son œil, de sa nuque ou de ses pommettes, qu'eût-on voulu d'abord isoler pour le serrer contre son cœur ? Chaque jour différente, Anissa Corto était un multiple de sa propre beauté. Elle se maquillait, ce qui me semblait absurde. Ses apprêts inutiles la rapprochaient de la féminité comme une fusée programmée pour Mars fait un détour par la lune : la beauté ne lui était pas une destination, mais une étape. Semblable à ces monarques qui, sans leur couronne vissée sur la tête, ont l'impression de ne plus régner, Anissa Corto, privée de fard et de rimmel, avait le sentiment de n'être plus une femme.

Elle s'habillait tantôt comme une délinquante, tantôt comme une première dame. Je l'aimais dans son manteau court, en organza noir, auquel elle adjoignait, à l'approche de l'hiver, un col châle qui formait parmenture, entièrement brodé de feuilles de velours. Elle portait aussi un blouson de caïd acheté à Saint-Ouen. Je l'avais vue, dans un rêve, marcher sous la neige en redingote à fronces et robe à fourreaux flanqués de pans de mousseline au drapé relevé jusqu'à l'épaule. Au matin, c'était une étudiante en manteau cagoule, veste poncho ou trench-coat. Un sac gibecière où j'eusse aimé me tapir, et des bottes noires aux chatoiements violets.

Elle était algérienne. A l'intérieur des terres de là-bas, le long des oueds côtiers, qui pensait maintenant à ce corps dévalé des collines ? Engoncée dans un bustier satin crème, dans son treillis tombant sur ses Clarks, elle ne se souvenait pas de la clarté des lumières du Tell. Elle ne marchait plus dans le désert mais sur les boulevards qu'arpentent aussi les fous. De son enfance pieds nus, une fois traversés les dalles rocheuses, les mers de cailloux et le plateau gréseux du Tassili, elle n'avait gardé que cette fierté intacte qui effrayait les hommes et les triait. Elle possédait la bouche têtue des femmes dignes, celles qui préfèrent la mort aux étreintes négociées. A quel bal évanoui, quelque part dans un refrain mélancolique, l'eussé-je, ridicule, invitée pour une valse, sa taille cendrée pivotant sous un lustre ? Goûterais-je demain son nombril attendu comme un don ?

Chaque matin, le monde la visitait. Il entrait par ses yeux, les étonnait, les effrayait, puis ressortait par sa bouche sous la forme d'un rire, ou tapi dans le timbre efficace d'une colère. Elle incarnait les saisons, pliant sa silhouette à l'approche du givre, faisant jaillir l'amour de sa prunelle aux premières houppes d'un printemps. Ses cheveux : le noir intégral des tresses, une courbe frisée sur l'œil, en pente, un rideau couleur de suie. Son nez virait un peu vers la gauche, il n'était pas parfait. Elle avait un œil plus gros que l'autre — je ne me rappelais jamais lequel. Et des grains de beauté, éparpillés. Je voulais habiter cette beauté. Ce visage et ce corps m'appartiendraient. Pour l'instant, il semblait évident qu'ils devaient appartenir à un autre. Un autre les contemplait, les embrassait à sa guise ; je détestais la guise des autres.

J'avais vu des visages fâchés, métis, plissés, que j'avais préférés à son visage, j'avais croisé des chefs-d'œuvre de femmes. Mais c'est elle que j'aimais. De ses paroles, je ferais des axiomes. J'écrirais un jour un poème de mille pages sur son cou ; le cou d'une femme, disposé dans la lumière comme l'adjectif dans une rhétorique, est plus élancé que celui d'un homme. Il se dévoue mieux dans sa vrille, il est plus expansif. Dans les régions montagneuses de la Birmanie, le peuple Karen abrite en son sein des porteuses de cuir dont le cou s'allonge, et qui le parent de colliers. J'aimais son long cou blanc, j'y posais chaque nuit des baisers, du bout des lèvres.

Des douleurs du passé surnageaient dans ses yeux. Son regard n'avait pas encore cicatrisé. Et dans le mien qu'elle ne croisait jamais flottait, telle une balise abandonnée, notre avenir incertain. Prisonnier de son propre champ, incapable de scruter d'autres latitudes, mon regard s'obstinait dans son

dogme, visait droit vers elle, et piquait vers le sol
lorsqu'elle s'approchait.

> *Ton extrême beauté par ses rais me retarde*
> *Que je n'ose mes yeux sur les tiens assurer ;*
> *Débile, je ne puis leurs regards endurer.*
> *Plus le Soleil éclaire, et moins on le regarde*

Anissa Corto n'était plus qu'une tache qui me dou-
blait sans me voir, une matière floue dans sa vibration, liquide et pressée, qui me laissait muet. Un
bolide en furie soulève dans sa percée les flanelles :
je m'engouffrais dans le courant d'air que créait son
passage. Mon amour flottait dessus. Elle me livrait
un peu de sa matière. Son mouvement me prêtait
son parfum. Je m'ébrouais dans sa substance répandue. Installé dans son sillage, je gobais les molécules
d'elle que sa vitesse arrachait. Ça sentait la vanille,
d'autres blés d'Orient qui poussent autour des buis,
la cardamome qu'on mêle au cassis dans les ruelles
de Ghazaouet. C'était du camphre, du nard ou la
fraîcheur des œillets qui restaient me consoler de
son indifférence et décuplaient leurs fragrances
pour me donner un peu d'espoir. Enivré par ces
arômes dont je connaissais personnellement chaque
atome, je m'apitoyais sur mon sort. Sa figure fugitive avait disparu.

Je retenais mes larmes. Tant que ma vie n'attein-
drait pas la sienne, elle resterait inachevée. Dans la
conception que j'avais du monde, Anissa Corto
devait m'appartenir. Si j'acceptais l'existence, c'est
parce qu'elle me semblait tendre vers cette épaule
terre de Sienne où poser les lèvres, ces cuisses
ocreuses où déposer les armes. Une fois sa senteur
évanouie, l'avenir recommençait. Je pensais à la
structure solide d'Anissa Corto, celle de ses muscles
et de son squelette, sa part de surfaces et de tendons.
Au milieu des évanescences, je réclamais de l'os.

Parfois, c'était dans la fumée de sa cigarette que

je m'installais. Ses volutes dessinaient une traîne
sur l'air bleu, s'effilochaient dans l'atmosphère. Ces
bouffées sortaient de ses poumons : je les avalais.
Quand s'engouffraient en moi les nuages d'Anissa
Corto, j'avais des palpitations. C'est elle qui venait
me brûler le souffle, c'est elle que j'inhalais tout
entière. J'achetai des Winston, comme elle — et
comme Frank Zappa à l'intérieur de la pochette de
Sheik Yerbouti en 1978. Cela provoqua chez moi des
quintes de toux effroyables. Qu'importe : je grillais
le même tabac qu'elle ; cela suffisait à mon bonheur ; et la fumant, je ne pensais pas : « elle est
magnifique » mais « elle est 1972 » — année éternelle qui ne faisait que durer, année qui s'était
comme répandue, perpétuée en elle et ne voulait
jamais mourir. Quant à ce paquet de Winston que
j'avais acheté dans le bar-tabac qu'elle fréquentait,
il lui eût sans doute été destiné : ce que je fumais,
c'est ce qu'elle aurait dû fumer. Si je mourais d'un
cancer, ce serait du sien.

4

Elle logeait, Porte de Clignancourt, dans une cité située en bordure du périphérique et qui me paraissait être le lieu le plus fascinant du monde. Passé la rue Letort, on y accédait en longeant, rue Belliard (dernier domicile de Jacques Mesrine), la voie du chemin de fer de ceinture désaffectée, protégée par des talus envahis par les ronces. En montant sur le terre-plein central, on tombait rue Leibniz. Le boulevard Ney appartenait aux putes, aux traves et aux junkies. Ney, le « brave des braves », avait été fusillé sous la Restauration (en 1815) dans les jardins du Luxembourg où j'avais projeté de me promener main dans la main avec Anissa Corto.

C'était l'endroit des anciennes fortifs. Paris dans une écharpe ; les vents s'y étaient cognés. Il y avait eu ici, bien avant 1972, des villages de cabanes, des roulottes et des potagers. Des dimanches de 1896 s'y étaient déroulés, au plein cœur de la zone : un parterre de bitume aujourd'hui. Des enfants de 1903 y avaient joué, surveillés par leurs parents en pique-nique, des ouvriers fiers de leur lopin ; des enfants morts aujourd'hui avaient tapé dans un ballon. Qu'est devenu le ballon ? On détruisit les fortifs ; la racaille quitta les cahutes. Des HLM poussèrent. Dehors les « zoniers ». Avenue de Saint-Ouen, les graineteurs fermèrent boutique. Aux confins des Grandes-Carrières et de Clignancourt, les chiffonniers et la crapule désertèrent la Moskowa pour fonder les Puces, plus au nord. On nettoya la ceinture. Cité Henri-Barbusse, 124 boulevard Ney, Anissa Corto.

Quant aux habitants de cette cité, je ne pouvais m'empêcher de leur attribuer des caractéristiques spéciales. Voisins privilégiés d'une divinité à qui ils avaient le pouvoir d'adresser la parole sans qu'elle s'en offusquât ni même s'en étonnât, ses colocataires m'impressionnaient par l'indifférence qu'ils affichaient lorsque son regard splendide pénétrait le leur. Eux n'avaient besoin d'aucune préparation spécifique, d'aucun entraînement préliminaire avant d'engager une conversation avec elle. Leur rencontre avec Anissa Corto ne leur apparaissait pas comme un objectif : simple corollaire de leurs sorties, elle était pour les miennes une consécration. Ces êtres d'exception n'étaient pas tenus de passer de longues heures devant le miroir de leur salle de bain à se chercher une posture, à changer trois fois de chemise dans l'espoir d'attirer son attention, dans la terreur de la décevoir.

Le bonheur de lui plaire est le seul où j'aspire

Je rageais de n'avoir pu habiter là moi aussi, de ne pas bénéficier de cette légitimité à l'entretenir de la pluie et du beau temps impossible à acquérir par l'effort ou le mérite, et dont jouissaient, dans la plus grande méconnaissance de leur privilège, ces anonymes qui n'avaient de grandiose que leur proximité arbitraire avec elle. Semblables à ces autochtones qui, n'ayant jamais quitté Palmyre, ne conçoivent pas que des gens de Stuttgart traversent l'Europe et le Moyen-Orient pour photographier les vieilles pierres au milieu desquelles ils sont nés, les locataires de la cité Henri-Barbusse, ignorant tout du trésor dont ils étaient les gardiens involontaires, eussent été incapables de soupçonner qu'on pouvait

se passionner à ce point pour leur HLM. Il entrait
dans leur façon de saluer Anissa Corto une familiarité charriant la même inconscience aveugle et
sacrilège que celle des gamins syriens qui, des vestiges du règne de Zénobie, extraient de la caillasse
pour leur lance-pierres. Ce voisinage formait pour
moi le Peuple élu.

Chaque fois que je pénétrais dans l'enceinte
divine, je sentais battre mes tempes. Les qualités
surnaturelles que je prêtais aux habitants de la
place, loin de se dissiper, se renforçaient. J'avais le
sentiment que tout le monde m'épiait, s'interrogeait
sur ma présence en ces (hauts) lieux. J'étais un
étranger. Mes allées et venues ne faisaient sens que
pour moi. Quelle injustice : c'était là qu'il fallait
vivre, et je vivais ailleurs. Les deux pâtés de maisons
qui séparaient mon pauvre néant du Temple suffi-
saient à faire de ma chambre la terre d'un exil pour
mes angoisses. La douleur d'une absence ne croît
pas avec les distances : sans l'être aimé, éloigné de
lui par l'équateur ou deux stations de métro, tout est
un bout du monde. Tous les jours, pour Anissa
Corto, je faisais le tour du monde.

J'étais prêt, pour avoir le droit de vivre plus près
d'elle, à passer un concours comme l'ENA ou Poly-
technique. Hélas, aucun d'entre eux ne menait à
la cité Henri-Barbusse, cité interdite où tant
d'incultes, d'analphabètes et d'idiots évoluaient en
totale légalité et en parfaite insouciance sans avoir
eu à subir la moindre question sur Kant ou Spinoza,
sans avoir eu à résoudre le plus petit problème de
mécanique des fluides ou de topologie.

Il y avait, parmi tous ceux qui croisaient Anissa
Corto dans la cage d'escalier ou dans le hall d'entrée,
des individus qui, bien que plaisantant avec elle,
bien qu'osant lui demander en toute impunité où et
avec qui elle venait de passer le week-end, ne

connaissaient strictement rien au projet de Rousseau pour la Corse ni à la correspondance André Gide-Dorothy Bussy et qui eussent additionné, dans un repère en translation uniforme, les vecteurs comme ça, sans tenir compte de la vitesse de la lumière. Tel, qui n'avait jamais eu à rendre dans une version allemande les nuances d'un poème de Rilke, était autorisé, par une jurisprudence tombée du ciel, à lui faire des compliments, à l'inviter pour un barbecue le dimanche suivant.

J'aurais été prêt, moi, à me replonger dans les intégrales triples ou le droit administratif si, à l'issue, un diplôme d'État m'avait assuré de pouvoir dire simplement « bonjour » à Anissa Corto, lui demander des nouvelles de sa mère ou de sa santé. Si un esprit avait exigé de moi que pour lui tenir un instant la porte du hall d'entrée de l'immeuble, j'accomplisse comme à l'époque de mon service militaire le parcours du combattant, c'est avec joie que j'aurais enfilé mon treillis, escaladé la girafe, rampé sous les barbelés, vaincu la planche thaïlandaise et sauté dans la fosse. Essoufflé, sali, gagné par une envie de vomir, j'aurais au moins pu lui dire deux mots sur le palier. Je serais parti un an au Kosovo, pour la surprendre à mon retour ouvrant ses volets, puis la saluer en toute légitimité, la voir accueillir ce salut, y répondre par ce sourire qu'elle avait si large et qui remontait jusqu'aux yeux, fendant son visage en deux parties égales. Mon ambition n'était pas de devenir ambassadeur, auditeur à la Cour des comptes ou ingénieur des Mines, mais voisin de palier d'Anissa Corto. Les grands corps n'étaient pas le Conseil d'État, l'Inspection des Finances ou les Ponts et Chaussées mais l'escalier C, tout ce qui pouvait me rapprocher, non du pouvoir politique ou économique, mais de l'appartement 513.

Je surveillais *La Centrale des particuliers*, impatient qu'un logement se libérât à Henri-Barbusse.

Hélas, la municipalité octroyait les HLM pour une durée qui égalait pratiquement celle d'une vie. Des centaines de familles inscrites sur liste d'attente patientaient. Il me fallut renoncer à l'espoir d'atteindre Anissa Corto par la voie immobilière. Ce ne serait ni en descendant les poubelles ni en faisant uriner un chien sur les pétunias de l'allée centrale que me serait offerte la chance d'échanger avec elle ces banalités d'usage hors de ma portée.

5

Je m'étais toujours exprimé par dates pour décrire mes pensées, mes sentiments, donner un avis, émettre une hypothèse. Certains caricaturistes aiment à transposer leur modèle dans le règne animal. Tel homme politique se métamorphose sous leur plume en requin, tel autre en ours, cette chanteuse en guenon, un acteur en blaireau, en bouledogue. C'est en années que je traduisais le monde. Mon abécédaire était le calendrier. Pour moi, un froid de canard était un froid décembre 1985, un soleil de plomb un soleil août 1976, une frousse bleue une frousse octobre 1977, un hypocrite quelqu'un qui suinte le novembre 1983, une mer d'huile une mer avril 1984 (ou, à la rigueur, juillet 1979).

On s'imagine que les lieux seuls sont pour l'homme une terre, un exil, un repos, un refuge. Il en va de même des dates. Les années étaient mon terroir ; mais cette patrie fluctuait. Mes racines se situaient tantôt en avril 1975, tantôt en juin 1986, tantôt en décembre 1969. Ma terre d'élection, mon chez-moi : c'était du temps, rien que du temps passé qu'il fallait, comme le verger d'une vieille demeure de famille, cultiver, emblaver, défricher, ramender. Ainsi que la pierre dans laquelle sont incrustés à jamais nos souvenirs d'enfance, je possédais mes années marneuses, mes semaines argileuses, mes mois crayeux. Janvier 1977 était sablonneux, un peu gras ; août 1981 était plutôt meuble, le premier semestre 1985, en friche, comme la majeure partie de 1973. Je séjournais dans ces dates (notamment en 1972, où je retrouvais Anne sur la plage), j'y allais en vacances, me ressourcer. Le choix ne s'arbitrait pas entre la mer et la montagne, mais entre 1988 et 1974. Je n'hésitais jamais entre l'Irlande ou l'Espagne, mais entre février 1971 et juillet 1982.

Les années n'existent en nous qu'une fois éloignées dans le passé. Comme les étoiles, il n'y a que lointaines qu'elles nous paraissent immobiles. Les années ne s'achèvent pas à la fin de l'année. Elles ne sont pas guillotinées le 31 décembre à minuit ; dans l'an nouveau, elles se perpétuent incidemment, continuent de respirer, de bouger, de se répandre. C'est, au beau cœur de 1975, de 1977, des vibrations de 1972 qui résonnent encore, diffuses, étouffées. Des vies se déroulent, entières, enfermées dans une année, occupées à la conclure ou au contraire à l'explorer sans cesse, pour en entretenir la flamme : celle d'un amour mort qui ressuscite dans le mépris des hivers qui lui sont passés sur le corps. J'étais emprisonné dans un pays qui avait pour nom « 1972 ».

J'étais déjà un fou d'Anissa Corto, patient, un fou de ses instants, de son histoire. Je saurais demain me souvenir de son aventure, raconter ses mouvements. J'étais épris de cette chevelure en drapeau flottant sur fond de ciel, noir sur bleu dans le jour, noir sur orange au crépuscule, noir sur noir la nuit. J'étais épris de ses yeux noirs.

C'étaient des yeux de femme qui se sait belle, des yeux impitoyables et en même temps remplis de cette compassion qu'a la grâce pour les tares, l'intel-

ligence pour la bêtise, le tout pour le néant. Elle ressemblait à ces princesses des contes que la misère
affecte, et qui donneraient un morceau de royaume
pour que les terres deviennent fertiles et les damnés
des saints — un morceau seulement, pour que ne
soit pas atteinte leur puissance disputée par des
beautés susceptibles de devenir leurs égales.

Anissa Corto contenait en elle cette petite fille de
1972, capricieuse et généreuse ; sa chevelure flaves-
cente ignorait les gifles du vent dans leur ondulation
neil-youngienne, les couettes de l'enfance et les
queues de cheval pour n'indiquer plus, dans la
direction de l'automne, que les années qui avaient
fait d'elle une femme. Sa beauté s'adaptait au vent,
se fondait dans sa vitesse et l'accompagnait, puis le
vent la relâchait avant qu'une autre rafale ne revînt
la ravir, l'abandonner, la ravir, l'abandonner. Elle
restait là ancrée sur notre sol, détachée de 1972
comme un diplomate l'est d'une ambassade.

Elle se promenait parmi des atomes de 1972, des
notes de Neil Young sur le sable jaune, de Sartre
écrivant son *Flaubert*, des Jeux Olympiques de
Munich, du voyage de Nixon en Chine et des Who
à la Fête de *L'Humanité*.

Elle m'obsédait ; sa beauté m'empêchait de dormir la nuit. Je ne trouvais le sommeil qu'au petit
matin ; je rêvais d'elle comme, jadis, j'avais rêvé
d'Anne : ses gestes saccadés, ralentis, comme découpés quand la vitesse de la mémoire n'était pas celle
de la réalité. On ne se souvient jamais de la célérité
exacte des êtres : on se représente une translation
floue. Et celle-ci nous apparaît constante.

Un peu comme j'aurais eu du mal à imaginer à
Anissa Corto une coiffure neuve que je ne lui avais
jamais connue, je l'affublais d'une vitesse générique,
intangible, immuable, comme sont immuables un
prénom, un grain de beauté. Me la remémorer,

c'était la figer. Car même lorsque nous revoyons des scènes où notre amour court, dérape, dévale une pente à ski, nous en avons une perception dichoto-mique, stroboscopique. Le mouvement s'intègre en nous à part, et se dissocie de son objet. Il y a d'un côté les skis qui fusent, de l'autre un visage, une épaule punaisés en nous, étrangement immobiles ; c'est l'être aimé qui s'avance et pourtant ne bouge pas, fonce sur nous, mais n'arrive jamais.

Je l'imaginais se lever. Je serrais les poings dans un coma qui l'oubliait un peu. Au réveil, la réalité m'accordait un sursis d'une seconde où Anissa Corto n'existait pas encore ; une gifle me réveillait, son visage me défigurait. Elle s'infiltrait partout en moi, s'insinuait dans tout ce que je voyais ; je la chassais comme une mouche, elle revenait. Dehors, des gens la croisaient. Anissa Corto ne durait qu'une seconde dans leur vie ; elle remplissait la mienne pour l'éternité.

L'amour, c'est un visage. Un seul et unique visage, cuit par le soleil, mouillé par l'averse, le même visage à jamais. Ce sont les mêmes yeux qui nous épient pour la vie, le même sourire qui nous émeut jusqu'à la mort, se moque de nous lorsque nous pleurons, dévoile sa dent cruelle au moment des adieux. Je sais par cœur cette ride relevée par l'exclamation, j'adore un pli qui corrompt la lèvre. Cette tache de café sur la peau m'est indispensable, et je peux donner les coordonnées, cartésiennes ou polaires, du grain de beauté posé sur sa joue. C'est cette figure que je veux : les autres ne sont que des remèdes, des impostures ou des démissions. Aimer, c'est n'aimer qu'un cil, ne penser qu'à une épaule. Une épaule ne ressemble jamais à une autre épaule, pas plus que la nervure des veines sur la main, que la fugue d'une cheville dans les charmilles du jardin.

6

Je ne vécus bientôt que dans la seule obsession de savoir si elle avait ce qu'on nomme trivialement un *mec* et qui fait beaucoup souffrir les névropathes comme moi. Un *mec*. C'est qu'il faut voir les conséquences de ce mot *mec* dans un esprit que la jalousie, en un tour de main, peut pousser aux décisions les plus extrêmes. La sonorité même poussait au crime : *mec*. « Mon *mec* », « j'ai un *mec* », « je crois qu'elle a un *mec* », « c'est son *mec* », « je l'ai vue : elle était avec son *mec* ». C'était bien lui, ce mot, qui avait le plus souvent gâché ma vie. C'était sur ce mot-là que, plusieurs fois, j'avais senti la nécessité de sauter du haut d'un pont, ou d'accoler sur ma tempe en sueur le métal froid d'un pistolet.

Toutes les filles de la terre avaient un *mec*. On ne savait jamais comment elles l'avaient rencontré, si bien qu'on avait le sentiment qu'elles étaient nées aux côtés de leur *mec*, qu'elles le connaissaient depuis toujours, qu'il avait toujours été là, comme la neige, l'automne, la pluie et le soleil. Je voulais savoir si Anissa Corto avait le sien — ce n'était qu'une curiosité théorique : il était évident qu'elle était nantie d'un représentant de cette caste sordide et mécanique qui fait les suicidés, les aigris et les criminels.

Les mecs sont surtout là pour des questions de sécurité et d'épanouissement sexuel. La femme en a besoin pour satisfaire sa biologie intime, et serrer contre un torse aguerri sa poitrine pleine déjà du lait riche en vitamines qui confère aux nourrissons la mine rosâtre dont les photos témoignent le jour où ils sont devenus des *mecs* à leur tour.

Dans la perpétuelle recherche d'un amour heureux, il y a toujours le pied d'un *mec* dans l'encoignure de la porte. Nous avons *presque* séduit Véronique, Laetitia et Raïssa, mais Véronique, Laetitia et Raïssa promènent dans leur petit bagage en forme de cœur gros comme ça un être humain constitué de testicules, de poils sur sa poitrine et de jeunes bourrelets dénonçant la trentaine : le *mec*. Florence passe le week-end chez son *mec*. Anastasia a un nouveau *mec*. Béatrice vient de changer de *mec*. Patricia est folle de son *mec*. Laure a deux *mecs* en ce moment.

C'est là que se fait la transition importante ; celle du singulier vers le pluriel. Une femme se ferait tuer pour son *mec*. Mais les femmes adorent critiquer les *mecs*. Mon *mec* est extraordinaire, mais les *mecs* sont lourds. Mon *mec* est une bête sexuelle, mais les *mecs* sont nuls au lit. Mon *mec* est beau *mec*, mais les *mecs* beaux, c'est plus rare que les belles femmes. Mon *mec* assure, mais les *mecs* sont graves.

J'avais aimé, sans l'avoir jamais croisée, Anissa Corto dans des chambres enfumées, en train, et dans des halls d'aéroport. Je l'avais aimée en buvant du thé ; je lui avais fait un enfant, comme dans les Who en 72. *Who's Next* était sorti en 1971, mais c'est durant l'été 1972 que je l'avais découvert.

> *You bring me tea*
> *Say the « babe's a-sleepin' »*
> *Lay down beside me*
> *Love ain't for keeping*

Je jurais qu'elle m'attendait comme l'aube le soleil, l'amour le plaisir, la femme son enfant. Quand je la rencontrai la première fois, elle avait passé toutes ces années auprès de moi incarnée dans une fatalité vague. Toutes ces réserves d'amour et de mélancolie avaient été accumulées en moi pour elle, j'allais les déverser ; elles regorgeaient. C'est le 11 mars 1996 que je la rencontrai *réellement*. Les années traversées sans moi par Anissa Corto m'apparaissaient vides de sens. Le seul intérêt que j'y trouvais résidait dans la jalousie rétrospective, purement spéculative, que je puisais dans les conquêtes amoureuses que je lui prêtais. Je ne lus pas sur son visage ce frémissement intérieur qui fait la beauté des femmes heureuses en amour et qui, suspendu à leur bouche, les rend songeuses et immortelles.

J'étais assis à une table du Royal Mont-Cenis, un bistrot de la Porte de Clignancourt situé à l'intersection de la rue du Mont-Cenis et du boulevard Ornano. Dehors, il pleuvait à verse. J'avais commandé un café, un sandwich aux crudités (je digérais de plus en plus mal les grecs-frites) et m'étais plongé dans la lecture des petites annonces.

Je sentis m'envahir une vibration orientale et fruitée. Je regardai devant moi, étourdi par une femme au regard noir, entrée là comme par la porte entrebâillée d'un décor de théâtre. De même que la nuit dépose la rosée sur les feuilles, cette présence avait recouvert déjà mon cœur d'une pellicule d'amour ; elle devint tout mon amour. Ses yeux roulaient sur les choses ainsi que les billes de mes récréations d'hier et j'eusse voulu les échanger contre des calots de porcelaine. Sur le teint blanc du visage étaient collées deux gommettes roses. Ses cheveux, d'un noir de jais où scintillaient des reflets mauve-82, venaient donner de la jungle à sa figure glaciale, de même que les volcans éteints s'ornent parfois d'une auréole de soufre en souvenir de leurs colères historiques.

Je me levai sous le prétexte de prendre un sucre au comptoir et dans cet élan je pus saisir un instant l'oscillation des seins sous sa chemise échancrée. Elle alluma une cigarette et commanda une bière. Quelle métamorphose m'eût-il fallu, quel feu, pour me lever et lui dire quelques mots ?

Je ne la quittai pas des yeux. Anissa Corto restait dans son coin, insouciante, momentanément protégée de mes intentions. Elle fronçait parfois le sourcil, traçant des plis sur son front légèrement bombé. J'aurais voulu y poser mes lèvres, car derrière ce front s'agitaient les mystères de sa jeunesse, de son année 1972, et le souvenir de ses amours. Il était traversé par des êtres enfuis, visité par des choses qui n'existaient plus. Quelques ridules désignaient des chagrins. Je n'osais pas bouger. Dans un dédoublement imaginaire, un autre moi à qui je donnais vie pour la circonstance la séduisait et prenait rendez-vous à ma place. Je faisais se succéder auprès d'elle plusieurs versions de moi-même, qui toutes tentaient de lui plaire, l'intriguaient, la faisaient rire aux éclats.

La beauté des premiers instants n'est pas seulement liée à ce que, dans l'étoffe usée du sentiment amoureux, ils parviennent à ciseler de nouveaux modèles. Face à celle, à celui qui deviendra, est déjà, l'être aimé, notre passé, l'amas de toutes nos errances, est emporté par une lame de fond. Nous abandonnons nos souffrances d'hier en une seconde, et c'est comme si les années passées dans la solitude et le chagrin n'avaient jamais eu de conséquence sur notre vie. Cela fait deux ans que nous souffrons le martyre d'avoir été abandonné, deux ans que l'ex se promène sans relâche en nous ; mais à présent, si l'on nous proposait le choix entre son retour contrit et sa déportation dans une plaine désolée du Kamtchatka, c'est avec l'air détaché du notable repu faisant évasivement signe au garçon de restaurant qu'il peut garder la monnaie que nous signerions l'ordre de départ. Revoir l'ex nous passionne soudain autant que l'étude, en coordonnées polaires, des équations de la lemniscate de Bernoulli. Non seulement nous ne nous intéressons plus à elle, à lui, mais nous ne comprenons plus par quel miracle nous avons pu autrefois nous y intéresser. C'est lavé des amours anciennes, de leurs blessures et de leurs douleurs que nous nous avançons vers un amour neuf. Autrefois, jadis, naguère, avant : cela n'a jamais existé. L'amour est une machine à fabriquer du lendemain.

Anissa Corto se doutait-elle que j'allais l'aimer à la folie puis, un beau matin, souffrir comme un damné à cause de ses yeux noirs et de ses mèches noires ? J'ignorais encore comment la vie s'y prendrait pour faire naître en moi la passion sans retour, puis doucement m'anéantir. Tout cela aurait lieu pourtant : les extases et la dépression, les nirvanas et les gouffres. De même que le mouvement de la grande aiguille d'une montre qu'on ne parvient jamais à surprendre, la passion s'insinue en nous de manière graduelle, infinitésimale, et nous ne pouvons dater l'instant précis où nous avons chaviré dans la folie. Mais elle se présente d'abord sous la forme de l'accident, de l'infraction et du hasard : c'est un rire, un mouvement de lumière dans les yeux d'une femme, sa manière absente d'allumer une Winston comme Zappa en 1978 sur la pochette de *Sheik Yerbouti* ; c'est une intonation bien à elle quand elle prononce le mot « crêpe », c'est une mèche qui glisse sur son front.

Un geste millimétrique, quasi imperceptible, qu'elle ne connaît pas tant il est devenu une part d'elle-même, peut déclencher des années de passion. Des vies se ruinent, des amants se trouent la peau parce qu'une femme est partie, qu'ils n'ont aimée que sur un battement de cils, une voix rauque, une cicatrice au menton. Le charme des femmes pour lesquelles nous nous apprêtons à tout sacrifier agit comme les avalanches : un détail nous émeut, aussi insignifiant, au premier abord, que le pas prudent du pisteur dans la poudreuse, et ce sont des tonnes de beauté, restées jusque-là en suspens, qui viennent avec et s'affaissent sur nous tels des éboulis de neige, nous ensevelissant à jamais.

Les premières heures face à l'inconnue qui partagera notre vie portent déjà en elles les qualités et les défauts de la passion qui s'annonce. De la même manière que la structure de l'univers, avec ses plantes qui grimpent, ses planètes qui tournent, ses galaxies qui fuient et ses saumons qui voltigent, germait dans le vide subatomique précédant le feu d'artifice originel, l'instant de la première rencontre contient, sous une forme infiniment condensée, la nature et la configuration de l'amour à venir. Quand rien n'ira plus, après six mois, deux ans, dix peut-être, c'est du côté de ces heures préliminaires, pour peu qu'on retourne s'y pencher, qu'on trouvera les preuves rétrospectives, mais tellement évidentes, de l'impossibilité de la relation. Alors, on dira : « C'était écrit. »

Par une opération de la mémoire, nous faisons une lecture téléologique, déterministe, du passé, et nous découvrons, comme par enchantement, tous les indices de la déroute, en germes évidents, aux contours infimes, mais nets. On viendra lire la débâcle, si prévisible à présent, dans le brouillon des premiers mots, des premiers réflexes, des premières promesses. L'évidence de l'échec dormait là, dans ce regard d'un être que nous n'avions pas voulu ne pas aimer, à travers son discours ridicule, mais dans lequel nous étions allé désespérément, malhonnêtement puiser de l'esprit, dans telle attitude qui, un autre jour, nous eût découragé de le revoir.

Lors de cette première rencontre, l'agaçant, le rédhibitoire et le dissuasif nous avaient exceptionnellement semblé licites, excusables, attendrissants. Ces infiltrations d'eau, nous refusions d'entrevoir qu'elles deviendraient trombes, fleuves, Nil, et nous engloutiraient. Il en va des défauts microscopiques de l'autre, quand nous faisons sa connaissance, comme des bruits d'un appartement lorsque nous le visitons pour la première fois : c'est seulement une fois installé que les rumeurs nous deviennent vacarme et les évanescences de la rue, semblables aux pires tumultes de l'Enfer.

J'allais me lever pour aborder Anissa Corto lorsqu'un clochard entra dans le café, qui s'adressa vivement à elle et précipita son départ. Juste au moment où j'étais prêt. Sans doute n'avais-je entretenu que l'illusion d'être prêt. Et, parce qu'un imprévu avait coupé court à la possibilité d'agir, j'avais eu la certitude, rétrospective et par conséquent biaisée, que ma décision coïncidait malencontreusement avec l'irruption d'un intrus. C'est cette levée de mon indétermination par une cause étrangère à mon libre arbitre, cette manière brutale qu'eurent les choses de décider à ma place que j'avais baptisée « moment où j'allais franchir le pas ». J'étais comme un grenadier-voltigeur qui, averti de la cessation des combats, se fût aussitôt porté volontaire en première ligne. Mais le courage, en amour comme à la guerre, n'est pas une question de date. La lâcheté comme la bravoure sont des états constants, des formes latentes de notre nature qui n'attendent pour se trahir ou s'exprimer que l'événement qui s'adressera à elles, dans la même langue qu'elles. Resté seul avec ma défaite, je ressortais avec cette obsession : tout savoir de cette femme qui, alors anonyme pour moi, s'appelait déjà Anissa Corto, s'appelait Anissa Corto à mon insu, s'était toujours appelée Anissa Corto.

Je pensais aux amants qu'elle avait dû avoir dans sa vie, à ses *mecs*. J'implorais leur aide : comment avaient-ils fait, eux, pour n'être pas immédiatement haïs d'elle ? Virtuelle confrérie de l'absurde, mais dont chaque membre avait su, à sa manière, trouver les mots pour la séduire. Des mains d'hier, et que de mains, qui avaient eu ce droit, divin, de la toucher, de caresser son visage. La véritable femme de ma vie, sans doute, n'avait rien à voir avec Anissa Corto. Elle vivait (et mourrait) à Oslo, à La Havane ou en Amazonie.

J'appelais « femme de ma vie » celle qui, *toutes choses égales par ailleurs*, se fût le mieux entendue avec moi. Mais j'avais voulu obstinément que ce fût ce corps-là, celui d'Anissa Corto, qui entrât dans les guillemets de l'expression « femme de ma vie ». J'aurais tout donné pour l'y enfermer. Je ne me plaignais pas : le hasard aurait pu m'être favorable plus tardivement encore, peut-être même jamais. D'ailleurs, si je l'avais vraiment rencontrée plus tôt, je ne lui aurais prêté aucune attention. Occupé par une autre (tous les corps dans lesquels s'incarne l'amour sont en réalité interchangeables), Anissa Corto n'eût été pour moi qu'une secousse dans une foule, un point perdu, bouchon posé sur la vague, une chevelure noire parmi d'autres chevelures noires, éloignée par des milliers d'années-lumière de mon amour exclusif pour les blondes, et pour une blonde en particulier. M'eût-elle demandé du feu à cette époque ou imploré, sortie de nulle part, de l'aimer pour la vie, que je n'aurais pas pris la peine de lui répondre, obsédé par une femme en tout point opposée à son style, à sa figure et à son être.

Engoncé que nous sommes dans une dévotion qui ne connaît d'issue que dans la détresse d'une rupture ou dans le repos que garantit la mort, nous n'échangerions pour rien au monde, au moment où nous vibrons sur sa longueur d'onde et rentrons en résonance avec elle, une passion ridicule contre un amour vrai. C'est la dissipation progressive de ces aberrations que nous appelons vieillir, si bien que l'amour confère à l'âge une sagesse méritée que la jeunesse, ivre d'elle-même, oublie de reconnaître pour s'épuiser dans la religion de l'erreur.

7

Je faisais tout pour l'oublier. J'allais « en boîte ».
Je voyais des amis, mais peu. Je pratiquais la boxe
thaïlandaise. Mais la manière que j'avais de ne plus
penser à Anissa Corto n'était qu'un avatar de toute
l'attention que je lui portais. Dès que je me faisais
la remarque « ce matin je n'ai pas pensé à elle », je
me révélais à moi-même qu'il ne s'agissait là que
d'un leurre, puisque si je ne me souvenais pas de la
pensée en tant que telle, je me rappelais son
contraire, c'est-à-dire la non-pensée que j'avais eue
pour elle.

Quelle que fût la route empruntée par mon cœur,
que je voulusse m'éloigner du port d'attache que
représentait la figure d'Anissa Corto ou qu'une nouvelle marée m'y ramenât désespérément, que notre
amour à venir fût envisagé comme une hypothèse
ou une certitude, qu'elle-même m'apparût comme
une chance de salut ou l'évidence d'un danger,
toutes ces facettes ressassées ne composaient
qu'une seule et même silhouette offerte en pâture à
mon besoin vital de donner de l'amour et d'en recevoir.

Même ceux qui ne croient plus à l'amour et ont
compris qu'il n'existe que comme perspective et
jamais comme réalisation le réclament, le cherchent,
parfois croient l'avoir trouvé. C'est que l'amour est le
plus grand des illusionnistes : quand bien même je

savais que tout ce qu'il me montrait était truqué et que certains de ces trucs m'étaient parfaitement connus, c'était avec un plaisir sans cesse renouvelé que j'assistais à chaque représentation qu'il s'obstinait à m'offrir.

Blessé, conspué, humilié, assassiné par lui, c'est par lui encore que je trouvais la force de mourir et de ressusciter. Celui qui me bâillonnait saurait seul me rendre la parole, celui qui m'amputait me redonnerait des membres neufs et à nouveau je courrais dans des parcs, je saisirais ma chance à pleine main, je mordrais dans la vie (impressions fuchsia, phrases à l'eau de rose, « poésie »).

Je ne parvenais jamais à jurer que je ne toucherais plus à l'amour ; car c'est l'amour qui, au détour d'une dépression, au coin d'une rue, viendrait me visiter dans ma solitude et, d'un coup de griffe, tuerait le désespoir accumulé. Dès lors que j'aimerais, mes traversées du désert, toutes mes nuits passées dans le froid à courir après le songe d'un être qui ne voulait plus de moi, tous ces moments de peine seraient dissous.

J'aurais du mal à m'en souvenir. Je pardonnerais à mes anciennes amoureuses le mal qu'elles m'avaient causé. A chaque passion recommencée, comme jadis, je me croirais cette fois encore plus intelligent que l'amour, ce que Chantal, ma collègue déguisée en Daisy, appelait « mes tendances romantiques ».

— Tu es trop passionné... Les femmes te perdront... répétait-elle pendant les pauses déjeuner au Plaza Gardens Restaurant de Mainstreet ou au Colonel Hathi's Pizza Outpost, situé en plein cœur d'Adventureland (entre la cabane de Robinson et le Temple d'Indiana Jones).

Nous tentions toujours d'éviter les endroits noirs de monde, comme le Cowboy Cookout Barbecue de Frontierland, ou surfaits, tels le Chalet de la Marionnette à Fantasyland ou, sur Mainstreet, le très mondain Coffee Grinder. Je m'entendais bien avec Chantal. Elle faisait Daisy à mi-temps. Elle avait sur sa peau très blanche des mouchetures qui lui donnaient un teint rosé. Elle aimait les hommes au crâne rasé.

Avant d'échouer ici avec le devoir de déambuler scientifiquement dans les allées pavées de la capitale du bonheur, elle avait travaillé dans une agence de publicité où elle s'était occupée de relations publiques. Nous avions flirté une fois, masques tombés, nuit tombée dans le parc glacial qui n'était plus qu'une ombre de joie. Nous n'en avions jamais plus parlé. Elle embrassait goulûment ; je n'étais pas allé plus loin, dégoûté par une odeur âcre que dégageaient ses aisselles, et une démarche de camionneuse que je m'étais remémorée en fouillant mécaniquement sa bouche.

Ça n'avait pas dû lui plaire beaucoup non plus ; elle n'avait pas cherché à recommencer. Nous devînmes amis, si tant est que l'amitié pût exister pour moi, à l'aise dans le seul excès, la mort ou l'orgasme, la solitude ou la passion. Chantal en avait assez de donner corps à Daisy.

— Tu ne vas quand même pas me tromper en demandant ta mutation dans Minnie ! lui avais-je lancé.

— Non, mais tu sais, c'est quand même assez vexant pour une femme de faire ce boulot...

— Pourquoi ?

— Quand on t'engage pour que tu te planques derrière un costume ridicule, c'est parce que tu es un boudin... Regarde : les filles comme Jennifer, Myriam, Maria, elles, on ne leur masque pas le visage, on ne les cache pas, on les exhibe : elles font Pocahontas, Esmeralda, Cendrillon... Et regarde maintenant quelles sont celles qui sont obligées de dissimuler leur tronche sous celui d'une vache ou d'une cane : Sylvie, qui fait Clarabelle, Isabelle, qui est Miss Tick sont quand même très moches...

— Oui, mais Geneviève, par exemple, elle n'est pas sublime et elle fait Blanche-Neige...

— Attends, c'est pas la pire, Geneviève, c'est pas un canon mais elle a quelque chose, elle a du charme...

Ne pas être « bien dans sa peau », c'est-à-dire dans celle de son personnage, était une constante à Disneyland Paris. A part les Mickey (Camel Nedjar et Thierry Raupert), personne n'était heureux. Il est vrai que Mickey incarnait le prestige. Sur ses épaules pesait toute la dimension historique d'un empire, et même, d'une part de l'histoire culturelle américaine. On ne plaçait à ce poste que des gens aguerris qui avaient pendant des années usé leurs palmes dans Donald (le grade juste en dessous) ou leurs pattes dans Dingo. Si j'avais pu, sans passer par la base (Winnie l'Ourson, le Capitaine Crochet, Pinocchio), « interpréter » le fameux canard, je ne le devais qu'à la chance.

Comme dans toute entreprise, il y avait entre les salariés des jalousies, des rancœurs accumulées, de vieux conflits qui suppuraient. Mickey 1 (Thierry Raupert) ne pouvait pas supporter Mickey 2 (Camel Nedjar), le premier jugeant le second trop laxiste pour mener à bien sa tâche et faire honneur à ses responsabilités.

— On vit dans un monde de pistonnés... m'avait lâché Raupert, un soir de désolation semblable à tant d'autres où, débarrassés de nos accoutrements, nous regagnions lentement la sortie du parc.

Nous avions fait un petit détour pour avoir le temps de discuter. C'était l'hiver. Les arbres étaient nus dans les allées ; Town Square était vide. Les portes fermeraient bientôt ; dans le ciel blanc s'écharpaient des nuages roux. Un vent frais nous pinçait le nez et, lorsque nous parlions, des vapeurs dansaient autour de nous, chaloupées, remplies

d'une poésie triste et connue qui rappelait les froids
de 1972. Des ouvriers africains, gelés, arrachaient
les herbes sauvages qui osaient pousser au beau
milieu de cette Californie-sur-Marne ; ils repei-
gnaient quelques cailloux endommagés, redres-
saient ou guidaient les jeunes tiges dont ils écar-
taient les insectes, plantaient des roses nouvelles en
plastique, des capucines en latex, et, ici ou là, un
volubilis fraîchement éclos en fibre synthétique.

— C'est comme Trenet, avait lancé Raupert en
regardant ces jardiniers de l'absurde, son jardin est
parsemé de fleurs artificielles, de coquelicots qu'il
peint lui-même...

Les Africains, d'une main très lente, et oubliant la
nature, la vraie, avaient commencé d'astiquer ces
fleurs. Une brume cotonneuse, peu à peu, envahis-
sait les hauts rochers de l'Ile de l'Aventure, les derniers bateaux de la River Rogue rentraient au port
— on entendait retentir leur sirène. Les rires
d'enfants, le brouhaha commençaient de se dissiper,
l'ambiance s'affaissait comme un soufflé sur elle-
même et nous continuions d'arpenter les allées
balayées au millimètre près par des Guinéens ou des
Ivoiriens qui redoutaient les engelures et la vigueur
capricieuse des décembres d'Occident.

— Tu vois, ce n'est pas pour critiquer, hein, tu me
connais, mais franchement, Camel n'est pas au
niveau pour Mickey. Il a été trop vite dans son
ascension, c'est louche... Moi, j'ai commencé par le
commencement, j'ai franchi les grades étape par
étape... C'est que j'aurai quinze ans de « paco » dans
trois mois, moi... J'ai commencé en 78, en Floride,
j'étais cuistot, serveur, j'ai tout fait, et puis un jour
j'ai dû remplacer un Portoricain qui avait eu des
problèmes avec la mafia locale et qui s'est fait flin-
guer, alors j'ai pris la relève dans Jiminy Cricket,
douze heures par jour à l'époque, mal payé, sans
couverture sociale parce que je n'avais pas la nationalité américaine... Cinq ans de Jiminy Criquet !

Cinq ans ! Au milieu des mioches amerloques, les pires mioches de la terre... C'était Diên Biên Phu, là-bas, un véritable cauchemar ! Alors tu vois, hein, c'est pas pour me la jouer, moi je m'en fous au fond, mais franchement, quand je vois que Camel n'a fait que six mois de Baloo et qu'on lui a refilé Mickey, je dis : c'est pas logique... Mickey, c'est quelque chose que tu ne peux normalement obtenir qu'en fin de carrière...

— Il m'a dit qu'il n'avait jamais demandé Mickey, qu'au départ il voulait absolument incarner Peter Pan, l'idole de sa jeunesse...

— Peter Pan ! coupa violemment Raupert, Peter Pan ! Mais tu rigoles ou quoi ! Camel est arabe ! Tu vois les pauvres mômes, toi, si on leur montre un Peter Pan algérien ! Ils vont chialer, les parents vont se plaindre ! Il y a de quoi traumatiser un gamin pour le restant de ses jours ! Pourquoi, pendant qu'on y est, ne pas mettre un nain dans Elliot le Dragon ?

La nuit allait manger tous ces décors, faire place à plus de réalité. Nous quittâmes l'enceinte de la ville enchantée, puis nous prîmes, comme un seul homme, le RER en direction de Paris. Je regardais le visage de Raupert, sa couperose derrière laquelle on pouvait lire quelques drames et beaucoup de bouteilles, des épisodes tristes, une vie de gâchis. Quel âge avait-il ? Quarante, quarante-cinq ans. Il en paraissait facilement dix de plus. Des rumeurs circulaient sur lui au Royaume de Mickey. On disait que sa femme était tellement laide qu'il n'osait la présenter à personne.

Thierry Raupert n'était pas marié ; il vivait, dans un appartement du XIIe arrondissement, avec une fille obèse qui voulait se marier. Elle s'appelait Cathie. Elle travaillait dans les assurances. Le soir, quand elle rentrait, elle réclamait de la tendresse, comme dans une chanson de Daniel Guichard. Raupert ne lui en donnait pas ; il regardait la télévision. A table, Cathie et Thierry se faisaient face mais ils ne parlaient pas : il lui reprochait sa laideur, qui représentait la composante fatale de leur couple devenu trio : lui, elle, et sa laideur à elle. Les personnes que nous côtoyons, que nous aimons, plongées dans le temps qui les abîme ou les embellit, ne sont pas devant nous telles des statues, des essences immuables : si leurs qualités s'évaporent, se métamorphosent graduellement en sujets d'agacement puis en causes de divorce, les saisons qui passent sur elles les nettoient aussi de leurs défauts, de leurs tares. La laideur n'est jamais que de passage, et la beauté, en visite.

Mais un matin, vers six heures, Thierry Raupert mit Cathie à la porte avec toutes ses affaires :

— Tu es trop laide, je ne veux plus te voir. Plus jamais.

Raupert entra peu après en dépression. Il commençait à venir en retard le matin. Il ne s'agitait plus comme avant dans les allées du parc. Il arrivait même qu'il frappât les enfants. Un jeudi matin pluvieux, il fut convoqué par Coq.

— Je vous paye pour faire Mickey, pas pour faire le con.

Raupert fut rétrogradé dans Baloo, partageant son personnage à mi-temps avec le Zaïrois Nathanaël et remplacé dans Mickey par un Anglais. On retrouva le corps de Thierry Raupert quelques jours plus tard. Il s'était pendu, une nuit où la lune était claire, à l'une des poutres du Donjon Enchanté. Sa place dans Baloo ne resta pas longtemps vacante. L'obscur et étrange Mingus lui succéda dans le costume de l'ours du *Livre de la jungle*.

Dans la « vraie vie », Mingus était musicien. Il ne jurait que par Robert Wyatt, avait vécu à Las Vegas et s'était occupé entre 1975 et 1982 d'un festival du livre policier, à Reims. Il prétendait avoir remplacé Bill MacCormick à la basse lors d'une session d'enregistrement de l'album de Gary Windo *Steam Radio Tapes*, au Britannia Row Studios en avril 1976. Il travaillait lui-même, depuis avril 77, à une œuvre « gigantesque » (« un "opéra social", situé musicalement entre Bertolt Brecht et Captain Beefheart »). Fondateur d'une association de défense des droits des sans-papiers, « Tes Papiers Sale Nègre », il se passionnait pour la politique, le droit et Internet. Mingus était obèse ; sa sueur ressemblait à de l'huile.

La première fois qu'il se présenta, il refusa de me serrer la main, pour ne pas « se laisser baiser par des conventions purement arbitraires inventées par une société à laquelle il ne devait rien et qui ne lui devait rien ». Dès que nous parlions musique, ses yeux, comme si aucune partie de ce corps fichu ne leur avait communiqué l'évidence de l'échec, avaient conservé le regard intact et gourmand que pose l'artiste de génie sur ses projets imminents. Il citait des noms célèbres qui mouraient d'impatience de travailler avec lui. Tout en me récitant la liste des événements qu'il prévoyait pour les semaines à venir, il s'arrangeait pour les situer dans une zone de notoriété intermédiaire entre confidentialité et prestige réservée aux seuls spécialistes, si bien que, ni tout à fait loufoque, ni complètement réaliste, cet emploi du temps affiché instillait le doute à son interlocuteur qui, par paresse, préférait y croire que le vérifier.

Comme tous ceux dont les décisions sont précaires et les ambitions volatiles, il m'assénait plus de détails que la réalité n'en eût offert s'il avait concrétisé ces dernières. J'avais droit à la mention de toutes les marques de tous les types d'instrument, aux prénoms des enfants des ingénieurs du son, à mille anecdotes sur Johnny, avec qui il « était fâché pour une histoire de gonzesse », à la rancœur qu'entretenait Prince à son endroit (« à cause de la coke »), mais aussi, puisque la mythomanie va généralement chercher dans le détail minutieux le ferment de ses énormités, à la description clinique du jeu trop saccadé de Brian Belshaw avec qui il ne s'était pas entendu sur *September Energy* ou du caractère impossible de Hugh Hopper qu'il avait envoyé balader pendant la tournée « Rock Bottom » de Wyatt.

Mingus n'avait qu'un point commun avec moi : il habitait Porte de Clignancourt. Je lui parlai d'Anissa Corto ; je décidai, à la première occasion, de la lui montrer. Peut-être m'aiderait-il à surmonter ma lâcheté. Peut-être oserait-il lui parler à ma place.

8

Anissa Corto ne s'intéressait toujours pas à moi. Il faut dire, à sa décharge, qu'elle ne savait pas que j'existais. Je n'avais été jusque-là qu'un corps croisé, une chair anonyme sur laquelle son indifférence avait ricoché. Je vivais notre amour tout seul. J'espérais pour deux. Je dressais des projets de vacances, d'éducation pour nos enfants possibles. J'arpentais la cité Henri-Barbusse.

> *Je me suis fait un plaisir nécessaire*
> *De la voir chaque jour, de l'aimer, de lui plaire*

Très vite, Henri Barbusse devint pour moi un écrivain culte. Cela n'avait d'abord été qu'un nom en lettres blanches sur une plaque rouillée : « Cité Henri Barbusse, écrivain français (1873-1935) ». Il se dégageait de ce nom suffisamment de puissance pour qu'il méritât d'enfermer en lui seul, sous l'effet de cette même force centrifuge qui me permettait de serrer Anissa Corto quand je pleurais dans le noir, la vie quotidienne de la femme que j'aimais. Je me renseignai mieux sur lui ; j'assimilai bientôt sur le sujet tout ce qu'on pouvait en connaître. Je m'abonnai au *Bulletin de la Société des amis d'Henri Barbusse* et devins membre de l'association. Quant à ses œuvres, *L'Enfer* et *Le Feu*, je les consultais dans l'espoir absurde, toujours trompé, d'y trouver des

indices sur Anissa Corto. Cela revenait à rechercher
de nouvelles constellations d'étoiles en scrutant les
fonds sous-marins, à éplucher l'annuaire des postes
en comptant y retrouver l'éloquence de Bossuet, la
puissance créatrice de Dante. Qu'importe : *L'Enfer*
et *Le Feu* me rapprochaient d'elle, comme un plan
de métro retrouvé dans ma poche de blue-jean au
milieu du désert de Wadirum m'eût raccroché au
tohu-bohu des boulevards parisiens.

Tant que je ne connaissais pas mieux Anissa
Corto, l'espace de tout ce qui « avait trait à elle »
m'apparaissait sans limite. La tour Eiffel, le ciel
d'Ile-de-France, la pluie, l'oxygène « avaient trait à
elle » puisqu'elle habitait la capitale, levait la tête,
rentrait mouillée, respirait. A mesure que se resser-
reraient nos liens, la définition de ce qui « avait trait
à elle » se ferait plus précise. Cela deviendrait des
livres lus par elle, ses plantes favorites, son plat pré-
féré, la marque de son parfum, la texture ou la couleur de sa chemise de nuit. En attendant, je ne pouvais l'affubler que de caractéristiques trop larges,
universelles, partagées par un très grand nombre
d'êtres humains. Sans doute Henri Barbusse n'avait-
il vécu que pour laisser son nom sur la cité d'Anissa
Corto. Mieux qu'un transfert pompeux au Pan-
théon, cela justifiait un destin.

Lorsque je déambulais au milieu de la cour, je
craignais qu'Anissa Corto ne m'aperçût depuis une
fenêtre, un balcon (ne sachant dans les premiers
temps quel était le sien, il était par conséquent partout). Cette pensée me transformait en automate. Je
perdais tout naturel, ainsi que devant une sorte de
tribunal, de jury important. J'étais coupable de mes
gestes. Je m'en allais à petits pas. Un jour, la
concierge vint s'enquérir du motif de mes visites :

— Vous cherchez qui ?

J'étais démasqué. Deux possibilités s'offraient à

moi : ne plus rôder dans les parages, mais c'était au-dessus de mes forces ; revenir au plus vite : solution qui comportait, outre l'avantage de me permettre de continuer à vaquer en toute liberté à mon occupation favorite, celui d'effacer, par la régularité de mes « promenades » accédant ainsi au statut d'habitude, le soupçon que j'eusse pu venir ici pour préparer un mauvais coup. Il me fallait donc créer, aux yeux des « Barbussiens » (c'est ainsi que je les dénommais, comme on dit les « Martiens », sans se soucier s'ils ont une existence bien réelle mais qui à force d'être évoqués finissent par acquérir une véracité), une accoutumance afin qu'ils ne s'étonnassent plus de me voir traîner sur leur planète.

Un jour, et j'attendais ce jour comme on guette un royaume, ils ne me remarqueraient plus. La même cour que nous traversons tous les matins, le même quai où nous attendons le métro sont des parts de nous-mêmes que nous n'apercevons pas plus que le travail de notre foie, la circulation du sang dans nos veines, celui de l'air dans nos poumons.

Je savais que le jour tant attendu où les Barbussiens ne prêteraient plus attention à moi filtrerait sous la satisfaction d'avoir remporté une étape décisive la tristesse de n'exister plus du tout à leurs yeux, ni comme intrus, ni comme voisin. Comme des professeurs qui ne ramassent plus les copies ou des médecins qui ont plus d'intimité avec le cancer de leur patient qu'avec le patient lui-même, ils m'abandonneraient au flux et reflux des êtres indiscernables, ceux qui se suivent, s'additionnent, se renouvellent, se ressemblent. Ce n'est pas pour moi que le médecin s'occupe de moi, mais pour mon organisme.

Mon organisme, dès que je pénètre dans son cabinet, sort de sa gangue particulière, perd son nom, son prénom, jusqu'à la parole, pour n'être plus qu'un corps universel, une généralité sujette à pathologies, un cas de figure. L'individuation se dilue dans la multiplication des symptômes qui s'adressent tous au même abdomen interchangeable, aux mêmes réflexes humains. La médecine reste indifférente aux destins, aveugle aux états civils et les particularités, les exceptions, les raretés sont signalées par elle, non comme la signature de la vie sur un homme, mais comme la griffe de la maladie sur l'espèce. Les tares succèdent aux tares, les êtres se substituent aux êtres, on soigne des organes aux visages abolis. Quant à Anissa Corto, si j'avais hâte pour mieux l'approcher qu'elle ne pût plus me voir à force de me voir, j'appréhendais en même temps qu'une fois ma singularité dissipée, la banalité dans laquelle je viendrais de me fondre ne me desservît au moment des aveux. De la même manière que nous nous interdisons stupidement de tomber amoureux d'une personne que nous connaissons depuis des années (ce devrait être là, au contraire, une chance inespérée de réussite pour cet amour), il ne nous viendrait pas à l'idée de vivre une passion avec un être que nous croisons tous les jours dans l'escalier — la répétition de la rencontre quotidienne des mêmes êtres aux mêmes endroits faisant naître en nous l'impression que nous les côtoyons depuis une éternité, n'eussent-ils emménagé que depuis trois mois.

Je marchais dans l'hiver ; j'attendais tout de cette inconnue au regard noir. La nuit ne m'accordait pas de repos ; je marchais dans ma chambre. Je me penchais par la fenêtre pour apercevoir Anissa Corto. Je ne voyais que des silhouettes impures s'effilocher dans le noir. Je sortais ; l'air vif me piquait. Des larmes montaient dans mes yeux ; je marchais.

Nous marchons dans les rues, c'est l'hiver, la nuit tombe. Des femmes courent sur le pavé qui luit.

Elles rentrent chez elles, nous ne saurons pas où elles habitent. Nous les croisons, les gardons un instant en mémoire, mais déjà elles se modifient dans le souvenir, s'abîment en nous, et nous les perdons à jamais. Le lendemain, au lever, une dernière secousse les ramène à nous, nettes et fraîches, qui précède un trou noir irrémédiable. Nous n'aurons pas assez de notre vie pour les rencontrer de nouveau. Le hasard est décevant. C'était hier qu'il fallait tenter sa chance, l'approcher, trouver les mots sous la pluie. Nous continuerons d'avancer de femme en femme, de chimère en chimère, et c'est dans la solitude que nous saurons les aimer, les faire rire et les épouser pour toujours. Une fois coupé d'elles à jamais, voilà que nous prononçons dans le vide, évidente et magnifique, la phrase qui fait mouche, la répartie qui bâtit les destins. La page blanche soudain se remplit, nous sommes des génies, trop tard. La femme de notre vie va rejoindre la vie d'un autre, sans se douter une seconde que nous étions sur le point de modifier son avenir, de tout sacrifier pour son allure inédite, son existence inconnue, sa bouche nourrie de mystères et son regard dangereux.

Les bêtes choisissent par instinct la plante qui leur est favorable ; nous allons spontanément vers les femmes dont nous devinons qu'elles sauront, mieux que quiconque, nous faire souffrir. C'est cette moue-là, ce nez-là, ces pommettes-là que nous avons choisis pour pleurer. Mais les femmes que nous rêvons d'aborder n'existent jamais : elles sont des corps remplis de nos attentes, des vies nourries par nos névroses. Exagérées par les circonstances, multipliées dans leur beauté par la nouveauté, elles se détachent de la foule spécialement pour nous plaire, quand nous devinons qu'elles recèlent, comme les autres, des trésors de déceptions, de normalité, de banalité. Nous les voyons en relief, homothétiques, puissantes : un ailleurs existe pourtant où elles ne sont que ce qu'elles sont vraiment, des femmes perdues qui ont besoin d'amour et d'enfants et de paix. Solidifiées un temps dans notre cœur, compactes, durables, elles s'effritent doucement, nous les rendons à leur futur, nous nous désintéressons d'elles aussi vite qu'elles nous avaient intéressé. Elles s'éloignent et, déjà d'autres, plus belles encore, plus mystérieuses, s'avancent en souriant.

Nous marchons dans les rues, c'est l'hiver, la nuit tombe. Les rues ont un rapport étroit avec la mélancolie. Solitaire, quitté par l'amour de notre vie, nous y errons. Dans la rue, les visages sont volatils comme des petites baigneuses-72 sur un solo de Neil Young. Ils viennent, reviennent, s'estompent et s'effacent, se multiplient, disparaissent. Ils se reproduisent entre eux ; ils ne sont jamais le visage de l'être aimé. La foule avance, sourde à notre chagrin. La masse des gens sans cesse se renouvelle, inépuisable. Elle n'offre que des corps inédits, inventés spécialement pour diluer dans l'infini la femme qu'involontairement nous cherchons. Nous nous trouvons dans la position d'un observateur inlassable qui, offrant un stylo et une feuille de papier à un macaque, guetterait sans relâche l'instant où jaillirait de sous sa plume une phrase de *Madame Bovary*.

J'attendais de chaque coin de rue, comme la marée eût déposé sur le rivage un baleineau échoué, qu'il me livrât le visage d'Anissa. Je me persuadais, à chaque femme croisée, que cette chevelure noire était la sienne, ce profil si dessiné, le sien. Ma vie était résumable à cette quête, où les autres qu'elle succédaient aux autres qu'elle. Il m'arrivait souvent de la voir et ce n'était jamais elle. Paris était une fausse joie. Je me rassurais en me répétant que je la croiserais tôt ou tard. Mais je paniquais aussitôt à l'idée de ne plus la revoir jusqu'à ma mort. Et si elle avait déménagé derrière mon dos ?

Je ne sortais que pour la rencontrer. J'étais à sa recherche parmi les corps que je bousculais, impatient qu'elle se dévoilât : alors se dénuderait la ville entière, ne laissant de ses masses en mouvement qu'une rose sur le trottoir, comme on vide un bassin pour retrouver une bague tombée dans l'eau. Je la cueillerais d'un baiser ; la ville pourrait se repeupler dans sa grande indifférence.

Les jours où le hasard ne la plaçait pas devant moi, j'imaginais la distance qui me séparait d'elle. Cette distance fluctuait à chaque seconde. Peut-être, la pensant sur un atoll japonais, l'avais-je déjà frôlée dans une cohue — je savais aussi qu'il m'était arrivé de la croire proche quand la réalité nous séparait de plusieurs continents. Un samedi après-midi, le miracle arriva. Elle était là, essayant des échantillons de parfums, aux Galeries Lafayette. Comme c'était la première fois de ma vie que je la voyais ailleurs que dans notre quartier, mon esprit, refusant spontanément de l'installer ailleurs qu'à Clignancourt, m'avait d'abord empêché d'accepter l'évidence.

L'attente de la voir avait fini par remplir la totalité de mon existence. Je voulais ramener au port sa silhouette fraîchement arrachée à la houle des multitudes. Elle n'était jamais auprès de moi, elle ne m'embrassait pas comme les autres femmes embrassent l'homme qu'elles aiment. C'était pourtant sans rémission qu'elle existait, là, sur cette terre, la même que moi, à quelques rues de moi, à l'instant même où je couchais sur le papier des phrases qui la rendaient plus belle encore.

L'aigreur me guettait. Il m'arrivait de la vouloir vieille, laide, ou bien morte, afin d'être débarrassé de l'obligation de posséder sa beauté. Oui, le temps

saurait blesser son visage. Les années passeraient sur
Anissa Corto en laissant des morsures. Démise,
désuète enfin. Et de ce corps chaque jour plus difficile à aimer, les amants feraient une excuse. Ils s'éloi-
gneraient. Ils l'abandonneraient. Anissa Corto resterait dans une chambre avec ses rides. Elle penserait,
courbée sur un lit, au visage d'autrefois. Humiliée,
docile, elle ne choisirait plus ses hommes ; ce sont les
hommes qui viendraient la consommer sans lendemain. Ses émois deviendraient vains. On en rirait.

Plus loin encore dans l'âge, le jour où baignait sa
prunelle se chargerait de nuit. Sa peau n'aurait plus
que l'honneur des regrets quand nul ne la désha-
billerait. Il lui faudrait du temps pour comprendre
que la couronne était tombée. Alors, une autre vie
devrait remplacer l'ancienne. Il s'agirait de naître à
autre chose : Anissa Corto commencerait l'existence
de son immense automne, saison où le caprice le
cède à l'évanescence. Il s'agirait de visiter en souvenir les meilleurs moments, quand le coude plié était
un virage après lequel le bras se prolongeait vers
une tête fougueuse aux cheveux ras, quand les draps
aux replis écrasés par les corps accueillaient sans fin
les étreintes, et jusqu'à ces lueurs dans l'œil qui cher-
chaient l'amour dans le regard de l'autre au petit
matin.

Dans un pays spécial que nous appelons
« demain », Anissa Corto finirait par n'être plus
qu'une drôle de bouche, tordue sous la masse de sa
poudre. Défigurée par l'abandon, elle reposerait
dans le silence, habillée par l'humus. Cette parure
lamentable ne garderait rien d'aujourd'hui, de la
femme en vitesse ignorant l'ambiance de son dernier lit. Dans sa tête, il n'y aurait « demain » que
l'écho de l'arrogant pas des visiteurs, des souliers
ivres de présent. En ce tunnel qui l'épouserait
comme une gueule, allongée qu'elle serait, absurde

qu'elle serait, à jamais privée de souffle, infiniment inutile, des êtres vivants passeraient devant sa pierre. Dans ces boîtes où elle avait dansé, elle n'avait jamais pensé à son allure au fond d'un trou. A quoi bon les grandes colères et les moments d'orgueil ? Tout se confondrait sous le pli des terres, quand genoux et coudes s'emmêleraient dans la silhouette approximative de ce qu'elle fut.

> *Corps féminin, qui tant es tendre,*
> *Poli, souëf, si précïeux,*
> *Te faudra-t-il ces maux attendre ?*

Quelle Anissa chercherais-je à travers la cohue dans trente ans ? Ce ne serait pas ces déplorables restes que je fouillerais, tels des vestiges d'hier, au milieu des humains, mais cette rose mélancolique que les saisons n'auront pas corrompue. Dans son accoutrement de veines fripées, je ne la devinerais pas. Sa beauté présente finissait toujours par l'emporter sur l'hypothèse de sa décrépitude. Les échéances atroces étaient reléguées vers une époque qui n'arriverait pas si vite : Anissa triompherait longtemps encore parmi les hommes, et ces hommes n'étaient pas moi. Lointaines, les funérailles de son sourire et de son coude plié, lointain, le spectacle de son sourire enseveli sous une terre. Je savais que sa mort ne guérirait rien : je la voyais, au sortir du tombeau, venir hanter mes jours ; je la soupçonnais, morte, de me visiter plus violemment.

9

Anissa Corto était gourmande. Tous les matins, elle se rendait Chez Kraykowski, rue Sédir-Kosko, et y mangeait deux chaussons aux pommes. Je l'épiais de l'autre côté de la devanture et regardais comment, debout devant le buffet, elle les portait à sa bouche avec précaution pour ne pas se salir de crème, puis se léchait délicatement les doigts ou les essuyait avec une serviette en papier. Je réfléchis beaucoup à ce sujet et, finalement, entrai un jour dans la pâtisserie.

— Vous savez, la fille, très belle, une Algérienne, aux cheveux très noirs ? Elle prend chaque jour deux chaussons aux pommes.

— Mademoiselle Anissa ?

— Comment ?

— Mademoiselle Anissa Corto ?

— Heu... Oui, voilà, c'est ça... Bon. Eh bien, ses chaussons aux pommes, je vous les paie d'avance pour un an. Quand elle reviendra, n'acceptez pas d'argent ; vous lui sourirez et vous direz seulement : « C'est déjà réglé. » Ce n'est rien du tout, madame Kraykowski, tout simplement un petit pari que j'ai perdu.

« Anissa Corto ». C'était la première fois que j'entendais son prénom et son nom. Ajouté à l'accent polonais de Mme Kraykowski, cela avait sonné à mes oreilles comme une formule magique à l'exotisme obscur : *anissacorto*. Elle m'était apparue en un seul mot, ainsi qu'on l'eût dit d'une seule palpitation (il me fallut quelques secondes pour détacher « Anissa » de « Corto », un peu comme en entendant « menthe à l'eau » on n'entend ni tout à fait « menthe » ni « à l'eau » : *mentalo*). C'était donc cette sonorité-là, quelque chose de hanchu et de fruité, qui abritait cette beauté-là, lui donnait son sens, intitulait sa vie parmi le nombre.

Elle s'affranchissait de l'anonymat par une manière d'identité poudreuse : fille de toréador ou femme de pacha. Si j'avais connu ce nom avant d'en croiser la bénéficiaire, il eût certainement exercé sur moi un tel pouvoir d'attraction que j'eusse passé ma vie à écrire des romans dont l'héroïne se fût appelée ainsi. Il produisit immédiatement cette même évidence dans l'écho que « Calamity Jane », « Louise Michel », « Anna Karénine » ou « Sharon Stone ». En même temps qu'il m'avait surpris, j'avais l'impression de l'avoir porté toute ma vie au bout des lèvres, de l'avoir retourné mille fois dans ma bouche sans pouvoir lui donner vie.

Mais lorsqu'il avait éclaté, sa forme latente s'était soulagée de sa matière familière : je pus calquer des syllabes prophétiques sur un amour têtu. Je tentais de minimiser cette part inexplicable d'accoutumance à une sonorité neuve, j'en exagérais l'originalité. J'y plaçais de la gloire, des aventures étonnantes et des signes de noblesse. Mon petit patronyme insipide à moi montait sur la pointe des pieds pour entrapercevoir le sien, celui d'un élan sublime ou d'un grand cri. J'inventai pour elle la notion de « nom poignant ». « Corto » possédait cette élégance animale qui fait les personnages de saga (Corto Maltese).

Bien qu'ayant au cours de mon existence rencontré séparément les mots « Anissa » et « Corto », il ne me fût pas une seconde venu à l'idée de les associer pour qu'en sortît l'hypothèse d'une personne réelle. L'assemblage, théoriquement possible (comme je peux à tout moment greffer le prénom « Sylvie » sur « Laennec » ou « Daphné » sur « Galet » en étant pratiquement certain que ces femmes existent), m'eût permis, en l'inventant, de me préfigurer celle que j'allais aimer pour longtemps.

Voici une méthode pour rencontrer la femme de sa vie : mettons bout à bout un prénom existant et un nom existant et, si leur juxtaposition sonne bien à nos oreilles, cherchons dans le Bottin la ou les jeunes filles qui y répondent effectivement. On passera une vie entière aux côtés d'une épouse ou d'une maîtresse découverte par association de deux noms propres. Et ces nom et prénom que nous avons érigés en l'honneur de l'amour, une fois qu'un être de chair s'y loge définitivement, voilà qu'ils font bloc pour toujours, à jamais associés l'un avec l'autre : « Anissa » ne signifierait rien sans « Corto », et « Corto » serait une amputation d'« Anissa », une statue privée de son socle. Ils se pénétreraient l'un l'autre, se révéleraient l'un par l'autre, comme le bleu de la mer est indissociable du ciel. (J'avais essayé sur « Corto » d'autres prénoms arabes, tels Yasmina, Malika ou Rabia, mais ça ne fonctionnait pas.)

Ce prénom et ce nom n'étaient qu'une façade. Derrière le mur à colonnades de la sonorité se dissimulait une vérité moins lisse, le signifié trahissait le signifiant. Il s'agit de raboter l'être que nous aimons pour qu'il entre dans sa définition apparente. Anissa Corto échappait à cette règle. Anissa Corto *était* « Anissa Corto ». Sa vie était le parfait synonyme de son nom, comme la conception divine du Christ appelle la figure humaine de Jésus.

« Anissa Corto » : à force de me répéter son nom, j'éprouvais le même sentiment qu'à Heidelberg, en août 1987 quand, à deux doigts de mettre échec et mat un vieillard qui m'avait proposé une partie, on m'avertit qu'il avait été pendant douze ans champion de Bavière.

Aussitôt, la situation s'était retournée à mon désavantage : j'avais perdu la partie puisqu'il était devenu évident que je ne pouvais l'emporter. J'attribuai à Anissa Corto un certain pouvoir de fatalité, un « niveau de difficulté », construction toute psychologique de la même nature que celle qui fait accroire que toutes les équations de maths spé sont insolubles, que tous les coups joués par un champion d'échecs sont géniaux. Rien n'est plus absurde qu'un tel conditionnement : les équations ne savent pas qu'elles sont au programme d'une classe difficile, ni les coups qu'ils sont joués par un grand maître.

10

On ne dira jamais assez le courage qu'il faut, quand on est très banal, pour asséner à celle qui n'est d'abord qu'une passante les phrases définitives censées nous agréger son amour. La part de moi-même qui s'offrait à cette volonté n'était pas la meilleure : c'était la part suicidaire. Une voix intérieure me disait que l'aborder, c'était échouer, et c'est pour cette raison même que je préparais l'abordage. Je me persuadais du contraire, et nous voyais déjà sur la neige, elle et moi, heureux et rieurs, entre des sapins ou sur l'eau verte, un été dans le futur.

C'était l'échec escompté qui me permettait de capitaliser peu à peu suffisamment de témérité, de même qu'on amasse des pièces jaunes pour démarrer une fortune hypothétique, pour exposer mon cas à « Corto Anissa, femme de ma vie ». Prononcer son nom avant son prénom lui conférait une humanité qui me faisait moins peur ; « Corto Anissa », cela charriait quelque chose de scolaire qui la rendait un peu élève, étudiante, être humain.

Alentour de la cité Henri-Barbusse, je cherchais à me faire des connaissances qui eussent pu m'introduire rapidement auprès d'elle. J'errais entre le stade de la rue Binet et la rue Camille-Flammarion, où s'affairait la *caillera*. Je fayotais. Le but était d'avoir des « potes ». Je m'insérai dans la famille des *modous*. Sliman et ses amis vendaient du crack.

— Tu viens pécho du caillou ?

— Oui.

De la même manière qu'on ne saura jamais pourquoi il a fallu en passer par l'étude de la grammaire
allemande et le théâtre de Molière pour finir chef
de rayon à Carrefour ou contrôleur de gestion
chez Usinor-Sacilor, je n'aurais jamais cru avoir à
répondre à la question « tu viens pécho du caillou
man ? » pour poser mes lèvres sur celles d'Anissa
Corto. Je lâchai cinq cents francs à Sliman. Il me
tendit quatre plaquettes. Quelqu'un avait surgi sans
prévenir ; cette masse, cette obésité, cette sueur
grasse, c'était lui, c'était Mingus.

— Toi aussi ?

— Non, c'est juste des travaux d'approche pour
Anissa Corto.

— Alors, tu me la montres ta princesse ? Si ça se
trouve, je la connais...

Je lui en fis une fois encore, comme je l'avais souvent fait dans les allées de Disneyland Paris, la description. Tout ça ne lui disait rien. Pire : ne s'intéressant qu'à lui, il me détournait d'Anissa Corto ; je
perdais mon temps. Mais lorsqu'il comprit que
j'allais l'abandonner au calvaire de sa solitude, il sut
non sans adresse distiller des informations, parcel-
laires, sur la femme de ma vie.

— Ah si, si, attends, peut-être que je vois qui
c'est...

J'étais avide de renseignements, même faux. Ce
que je voulais, c'était qu'un autre que moi s'intéres-
sât à elle, ce qui me permettait d'entrer dans l'existence d'Anissa Corto par une autre porte. La réalité
ne s'escalade pas par un unique versant. J'emprun-
tais l'altérité de Mingus pour accéder, par une voie
détournée à laquelle je n'eusse pas pensé, à la salle
des coffres. Si un autre que moi commençait à se
sentir concerné, c'était bien la preuve qu'Anissa
Corto avait une existence, que je ne l'avais pas rêvée
et que je n'étais pas le seul à la voir.

Baloo/Mingus mentait. Ses mensonges, je les accueillais avec une joie immense. C'est qu'il avait pris soin d'inventer sur elle des histoires. Je vénérais chaque détail, puisque chaque détail, même fictif, se rapportait à elle. J'aurais voulu vivre dans une ville dont les habitants n'auraient parlé que d'Anissa Corto, que des milliers de gens passent des milliards d'heures à se concerter sur un vêtement porté par elle, sur la couleur de son rouge à lèvres, sa nouvelle coupe de cheveux, et que le soir, calfeutré dans la chaleur du logis, la porte fermée à quadruple tour, chacun dévore des yeux mon Anissa Corto à la télévision, sur toutes les chaînes, jouant son propre rôle dans une série intitulée *Anissa Corto*.

L'illusion gavait mon existence. Je préférais le confort des mensonges de Mingus qui, s'ils me promettaient la main d'une chimère, m'éloignaient d'une femme de chair et de sang qui m'eût fait souffrir. A l'Anissa Corto que j'avais bâtie seul sur mes frustrations, rêve après rêve, se superposait la figure dessinée par une imagination étrangère à la mienne : l'Anissa Corto de Mingus. J'étais ravi que ma vision idéale fût chamboulée par l'intrusion d'éléments extérieurs, remise en question par la perception nouvelle d'une sensibilité différente de la mienne. Car ces informations farfelues dont Mingus m'abreuvait contenaient une expérience des femmes dont l'universalité apportait au portrait de mon Anissa Corto théorique les corrections qui la rapprocheraient, par le biais du bobard, de la vérité de ce qu'elle était.

Renvoyée incessamment sur elle-même ainsi qu'un jeu infini de miroirs qui ne reflètent jamais que les rayons diffractés d'une seule et même idée, l'imagination a besoin pour décrire le réel de sa vision subjective réfléchie par des prismes distincts des nôtres. Rien que la manière dont Mingus qualifiait Anissa Corto, par l'appellation (qui aurait dû me blesser) « rebeu de Clignancourt », rafraîchissait la perception saturée que j'avais d'elle. Une *vision* plus exotique que la mienne repoussait les frontières de mon esprit et redonnait un peu de vie à la figure figée de la femme parfaite qui croupissait au fond de moi.

Par un après-midi glacial, Mingus me proposa d'aller consommer chez lui, dans son studio de la rue Hermel, quelques plaquettes achetées à Sliman. Le gros Mingus n'avait pas d'amis : enfermé dans sa chambrette, il empilait contre son mur des centaines de cartons d'emballage de tubes de lait concentré Nestlé, qui, une fois vides, lui servaient de poubelles. Mingus ne jetait rien. Pas même ses ordures, qui étaient comme la mémoire biologique de son passé. Comme tant de gens possèdent chez eux une bibliothèque où Chateaubriand côtoie Tolstoï et la philosophie jouxte l'aventure, Mingus avait dressé une ordurothèque où les restes de thon fréquentaient les chicots de poulet. C'était là le grand combat philosophique de Mingus : tout garder, ne jamais rien offrir, ne rien laisser, ne rien perdre, ne rien laisser perdre.

Il était, selon sa stricte ligne de conduite (à laquelle il ne dérogeait à peine qu'à la selle ou pour satisfaire sa vessie), l'ennemi implacable des fuites, des émanations, des dons, des évanescences, des éjaculations, des dépenses, de tout ce qui s'échappe, s'évapore, se diffuse, se libère et se volatilise. La chasteté qu'il croyait bon de s'imposer dissimulait à peine la hantise de se répandre inutilement. Mingus était homme de collections, d'archives, d'économies, de patrimoine. Empiler, classer, parquer, conserver : telle était sa vraie passion.

Il ouvrit le premier sachet à l'aide d'un cutter qui ne quittait jamais sa poche (« en cas d'embrouille »),

en extirpa un petit morceau de cire jaunâtre. Il pré-
para une pipe à eau ornée d'un filtre en caoutchouc
noir, puis fit fondre le caillou sur l'embout métallique.
Il aspira de tout son souffle, une lueur passa dans
ses yeux. Inquiet, je me risquai à mon tour sur le
crack.

J'eus le sentiment qu'on m'arrachait les poumons
à l'aide d'un crochet de boucher : le présent ne chan-
gerait plus jamais, j'allais finir mes jours dans cette
sensation-là, soustrait à moi-même, heureux de laisser derrière moi ce corps parasite qui pesait sur mes
nerfs, nuisait à ma vie. Je me transmettais dans
l'espace, répandu comme une onde, pour me
reconstruire un peu plus loin, dans une allure
neuve, une peau consentante.

Je recrachais des nuages. Mingus tirait sur la
pipe. Dans ma brume, je rassemblais les forces de
l'univers. Plus rien ne me séparait d'Anissa Corto.
J'étais en 1972. Il avait suffi d'une bouffée pour que
mon courage devînt illimité. J'accumulais dans un
coin du plafond les résolutions les plus définitives.
Mes défis fusaient vers une Anissa Corto accessible
et disposée : amoureuse. Elle n'attendait de moi que
ce premier pas que, dans les vapeurs de crack, je
n'arrêtais pas de faire. Pour une durée qui avait pris
l'apparence de l'éternité (ou plutôt : avait concentré
cette éternité en un instant d'une densité infinie),
ma liaison avec elle avait cessé d'être une échéance
pour devenir une formalité.

Cette Anissa Corto rencontrée dans la fumée,
séduite dans un coin de plafond, avait des réactions
imprévisibles, distinctes des constructions mentales
que j'avais élaborées pour lui donner vie. C'était une
femme débarrassée de moi-même qui m'était enfin
restituée. Elle avait revêtu cette qualité que mon
acharnement à l'accorder à mes désirs lui avait fait
perdre : la variété. Anissa Corto m'apparut *variée*.

Les vapeurs se dissipèrent. Les choses, gorgées de
quotidien, reprirent leur manège. Je redevins lâche

et velléitaire. Anissa Corto continuait d'exercer sur moi son pouvoir paralysant. Je me détestais encore plus. Je n'avais pas progressé. J'avais rétrogradé dans mon intention.

11

Quand je savais qu'Anissa Corto n'était pas là, je venais malgré tout fréquenter mon lieu de prédilection : Henri-Barbusse. C'était pour brouiller les pistes : j'évitais ainsi que quiconque pût établir une corrélation entre ma venue et la présence de la femme de ma vie dans la cité. Ce qui m'attirait à Henri-Barbusse, outre cette ambiance 1972, était précisément qu'elle n'y fût pas. Délivré de son regard, de toutes ces ondes émises par elle et qui me paralysaient, exempté de la crainte de la voir surgir à tout moment sans que j'y fusse préparé, j'éprouvais un sentiment de liberté. J'étais tel une mouche qui, après avoir buté contre une vitre pendant des heures choisit, soit par bêtise, soit pour profiter de son libre arbitre, de rester dans la pièce d'où elle avait tout fait pour s'échapper, au risque de revivre le même calvaire une fois la fenêtre de nouveau fermée.

Anissa Corto eût pu surgir d'un moment à l'autre, me surprendre à « l'état de repos » comme on désigne en mécanique les systèmes inertes. Sur un esprit non averti, dont tous les réflexes sont engourdis, toutes les alarmes grippées, le jaillissement inopiné d'Anissa Corto eût revêtu la violence d'une déflagration. Sans doute eussé-je trahi en une seconde des mois de traque, de mises en scène et de calculs. Je sais : c'eût été là l'occasion rêvée de laisser le hasard avoir du courage à ma place, puisqu'une telle collision aurait mis un terme à mes atermoiements, à mes lâchetés, à cette comédie pitoyable qui remplissait l'essentiel de ma vie. Cela comportait aussi le risque d'apparaître comme un type louche, surpris en flagrant délit. Un délit élevé par moi seul au rang de délit : mon sentiment de culpabilité ne se fondait que sur une illégalité contestable où d'autres que moi n'eussent vu que l'expression banale de l'amour humain. L'épanouissement de ma passion avait emprunté les traits de la faute, et c'est fautif que j'aimais, fautif que j'arpentais le paysage hanté par l'immuable figure d'Anissa Corto.

Sa vie et la mienne formaient deux cercles concentriques dont le plus large était tracé par moi (j'étais le seul à nous connaître tous les deux). Nous battions le même pavé, rentrions par les mêmes portes. Hiver comme été, nous supportions les mêmes températures. Nous frôlions chaque jour les mêmes corps dans le quartier. Je commençais à maîtriser les moindres détails de son physique ; sa silhouette, ses attitudes ne s'évaporaient plus quand j'y pensais la nuit. J'avais progressé. Je savais à présent que dans l'Anissa Corto de la première fois, les qualités et les défauts n'étaient pas à leur place habituelle : la nouveauté que fut pour moi cette apparition les avait dispersés sous l'effet de la surprise. Depuis, ils étaient revenus coïncider avec eux-mêmes, et rien ne pouvait plus les en déloger. L'habitude les gravait de plus en plus profondément dans la chair d'Anissa Corto. La version la plus actuelle d'Anissa Corto se délestait chaque jour un peu plus des Anissa Corto mystérieuses des premiers jours comme un serpent se débarrasse de ses mues. Ne regrettais-je pas l'image frémissante et neuve, sans cesse prête à s'évanouir, de l'inconnue inconnue à celle de l'inconnue connue ?

Ses yeux étaient devenus noirs, son menton, droit, ses grains de beauté immobiles. Anissa Corto n'était plus l'évanescente héroïne d'un début de roman, un morceau de vent, mais une simple femme dont l'existence cessait imperceptiblement d'être une énigme. Entre celle que j'avais attrapée au vol et celle que j'avais dû finir par m'inventer, il y avait une succession d'Anissa Corto que j'aimais tantôt une à une, comme on détache les pétales d'une rose, tantôt en bloc, à la façon d'un bouquet. Elles défilaient, se mélangeaient, se démultipliaient, se superposaient dans de délicieux anachronismes. Je pouvais faire coexister, faire tenir dans une seule et même pensée cohérente l'Anissa Corto pressée d'un jeudi pluvieux et celle qui souriait par un dimanche ensoleillé. Et peut-être avais-je même installé sous la pluie le sourire du jour de soleil, inventant une Anissa Corto possible, mais qui n'avait pas été.

Je déprimais de plus en plus parmi les Sept Nains, Bambi et Dumbo. Disneyland concentrait, en miniature, toutes les tares de la société. Les gens faisaient la queue partout et tout le temps. Ils attendaient pendant des heures pour un tour de manège, de montagnes russes, de *space mountain* qui durait moins d'une minute. Ils voulaient tous faire la même chose au même moment. Ce qui était le mot d'ordre du communisme est devenu la conséquence du capitalisme. Chacun est libre, mais comme tout le monde a les mêmes idées, les êtres humains usent de cette liberté de la même manière, et s'en vont l'exercer de la même manière aux mêmes endroits, en même temps.

Nous allons tous voir les mêmes spectacles, le même soir. Nous traversons les mêmes rues, pour aller voir le même film au cinéma. Nous achetons les mêmes disques, nous les écoutons, nous aimons tous le même morceau. Nous lisons tous le même livre au même moment, et nous rêvons de la même chose. Nous avons les mêmes envies, dans la même ville. Nous faisons la même queue, nous attendons ensemble, nous avons choisi les mêmes vacances, nous avons pris le même billet, tous, et nous prendrons le même avion dans le même aéroport, à la même heure. Nous nous retrouverons tous très loin, sur le même lieu de dépaysement, sur la même île, dans le même hôtel, au même étage, et nous mangerons les mêmes plats dans le même restaurant. Nous reviendrons avec les mêmes souvenirs. Nous raconterons les mêmes vacances aux mêmes personnes. Nous avons tous vécu les mêmes expériences. Nous rentrons chez nous le même soir à la même heure, sur la même ligne. Nous regardons tous le même film à la télévision. Nous nous endormons tous, *grosso modo*, à la même heure. Nous nous réveillons au même instant, le matin, écoutant la même radio et les mêmes informations. Nous avons tous les mêmes références, les mêmes envies, les mêmes réflexes. Nous lisons tous le même journal, même quand nous pensons que le journal que nous lisons est différent des autres journaux. Nous faisons les mêmes critiques aux mêmes choses, nous sommes tous au courant des mêmes événements. Nous en parlons de la même manière. Nous avons la même intelligence. Nous avons la même culture. Nous conduisons les mêmes voitures à la même vitesse. Nous fréquentons les mêmes endroits branchés. Nous marchons sous la même pluie. Nous visitons les mêmes musées, nous ne ratons pas les mêmes expositions. Nous passerons tous ensemble le réveillon du nouvel an. Nous serons plus vieux exactement à la même heure. Nous avons peur de la même chose : mourir, vieillir, être malade. Nous attrapons tous les mêmes maladies. Nous votons tous de la même manière, pour les mêmes types, depuis des années. Nous avons le même appartement, avec les mêmes lithographies, les mêmes posters, les mêmes reproductions des mêmes peintres. Nous entonnons les mêmes airs. Nous mettons tous le même parfum. Nous sommes amoureux des mêmes filles. Nous nous masturbons sur les mêmes actrices porno le soir, et le lendemain, nous avons des petits yeux, les mêmes petits yeux, pour les mêmes raisons. C'est que nous sommes passés par une excitation identique. Nous avons éjaculé en même temps, parallèles les uns aux autres derrière la brique de nos maisonnées analogues. Nous vivons tous la même vie tout le temps. Nous allons tous y rester. Nos morts seront les mêmes. Nos tombes seront taillées dans la même pierre. Nous aurons tous la même croix.

Je ne supportais plus Donald. Les gosses me fatiguaient. J'écrirai un jour, dans le détail, mes aventures à Marne-la-Vallée. Toute l'épopée à plume dont j'étais le héros. L'envers du décor. Les relations sexuelles entre les *cast members*. Je coucherai tout ça sur un petit cahier Clairefontaine à grands carreaux. Je n'avais encore jamais frappé d'enfants, comme le pauvre Raupert ; ce n'était pas l'envie qui me manquait. Je leur marchais parfois sur les pieds. Ils pleuraient. Je devenais méchant. On accusait tout le monde, sauf moi.

Au milieu des cris de morveux gâtés, je ne pensais qu'à Anissa Corto. Je ne supportais plus sa froideur, qu'elle pût continuer de vivre sans se rendre compte de mon existence. Je ne vivais pas dans la peau d'un canard célèbre, mais d'une femme anonyme.

Je décidai de l'appeler. Je repassai des milliers de fois dans ma tête la phrase d'introduction. Je m'agitais dans mon salon ; feuilletais des livres de poésie. J'allais voir du côté des grands écrivains ce que les grands écrivains eussent dit de grand à ma place. Dans leur correspondance, je ne trouvais que des formules démodées, ou qui trahissaient déjà une profonde complicité avec leur amour, ce qui n'était pas mon cas.

J'obtins son numéro de téléphone par les renseignements. J'avais vécu des mois avec cette possibilité : l'appeler. Dans mes nuits sans sommeil, je tâtais le morceau de papier comme une hypothèse, je savais qu'au bout de mes doigts s'agitait une vie aimée, mon avenir, mon bonheur, mon salut. Elle se promenait le dimanche, non sur les quais de Seine ou dans les allées du parc Monceau, mais au creux de ma main, fixée sur une feuille arrachée d'un carnet, à ma merci. J'avais sa voix pliée dans ma poche.

Je n'avais pas voulu griller mes munitions. Là où certains trouvent, voûtés dans la douleur, une apostrophe géniale avant de mourir en auteur, je cherchais moi l'étincelle d'un début. Ma vie avec Anissa Corto devait commencer par une formule définitive. Ce serait la signature de notre destin, la marque déposée de notre amour éternel. Tant que rien n'était tenté, j'étais le roi du monde. Combien d'empires ne se bâtissent que dans la puissance du rêve, ne s'érigent qu'au large d'une vie ratée ? Ne pas l'appeler, c'était rater ma vie. Comment faisaient les autres pour être les plus forts ? Un jeudi, à dix-huit heures, je composai le numéro d'Anissa Corto.

J'étais terrorisé. Je trouvai mille raisons d'obtenir un sursis, d'autant que montait en moi, superposée à la panique de rater mon entrée (j'avais finalement décidé d'improviser), la peur de déranger Anissa Corto, de la surprendre dans son intimité. Mes mains tremblaient. Tonalités : j'étais un homme mort. Une voix féminine me répondit : « Veuillez patienter, votre correspondant est en ligne, il va vous prendre dans quelques instants. » Ce contre-temps, qui eût dû m'apparaître comme un répit, redoubla ma peur — car autant je m'étais senti prêt et courageux trois secondes auparavant, autant j'avais le sentiment, trois secondes après, que la situation, le monde, l'époque n'étaient plus les mêmes, qu'une révolution avait eu lieu pendant cet instant si bref et que mon action n'avait plus aucun sens.

Autant d'arguments en faveur de ma lâcheté. Je ne raccrochai pas. J'étais hagard. Je sentais mon heure venir. Soudain, une voix, qui était une voix de femme mais pas celle d'Anissa Corto, s'adressa à moi sans méfiance. Cette voix partait du principe qu'elle aurait affaire à une conversation normale, avec quelqu'un de normal. C'était une voix rassurée d'avance, simplement curieuse.

— Allô ?

Je ne répondis rien. La voix me demanda mon nom, je le lui dis aussi mécaniquement que le condamné se laisse sangler sur la chaise électrique. Il y eut un silence interminable, et avant que je n'eusse pu lui glisser que je rappellerais un autre jour, elle hurla mon nom à Anissa Corto avec une force capable d'ébranler l'immeuble. A partir du moment où les syllabes sacrilèges avaient été prononcées, que le mal était fait, je devais (quitte à plaider l'erreur de numéro) jouer la carte de l'assurance. Cette fois, c'était bien Anissa Corto qui s'adressait à moi. Pour la première fois, j'existais pour elle. Je raccrochai brutalement.

QUATRIÈME PARTIE

Épistémologie d'un amour

Nous ne vivons que dans un monde : le nôtre. Ceux qui en sont s'y meuvent aisément, presque partout où ils vont, dans la lune aussi bien que sur la terre, ils sauront faire de la géométrie, compter les minutes et discuter sur les causes. C'est bien simple, ils tirent partout leur montre et mesurent les lieux.

Bernard GROETHUYSEN.

1

Lorsque j'en eus assez d'avoir à croiser Anissa Corto pour la voir, je me mis à la guetter, puis à la suivre. Parmi les gestuelles qu'elle adoptait, les allures qu'elle arborait, les réactions qu'elle trahissait, je distinguais deux catégories : 1) celles qu'elle eût exécutées indépendamment de mon existence ; 2) celles qui avaient lieu à cause de moi. J'avais le sentiment, en l'acculant à réagir à mes stimuli, qu'elle quittait sa pureté. Je souillais sa vie de ma contingence. Je l'abîmais. J'inoculais des échantillons de ma médiocrité dans ce destin parfait. Sans en avoir le droit, je conditionnais son libre arbitre parce que j'étais né.

J'eusse voulu la surprendre en dehors de ma présence, préservée de mon corps et de la place que j'occupais, hors de portée de mes ondes. J'eusse aimé n'être plus qu'un regard porté par le vent, une essence invisible faite pour l'étude et l'admiration. Par sa manière de sourire ou de marcher, de s'agacer ou de sortir sa monnaie, j'avais la sensation qu'elle se donnait en spectacle pour moi seul, et que tout eût été différent si je n'avais été qu'un rétroviseur, une poignée de porte, un caddie. Je tirais en même temps une certaine fierté d'avoir un tel ascendant sur un être aussi inaccessible, un peu comme un guérillero, après des années de poudre et de guenilles, finit par se persuader qu'il a eu de l'influence sur le destin d'une nation.

> *Et c'est ma destinée incurable et dernière*
> *D'épier un battement à moi de tes paupières*

Ce que j'injectais de moi-même dans la forme idéale que représentait Anissa Corto était mineur ; les effets que j'en récoltais, imperceptibles. Elle n'y prêtait pas attention. Je ne brouillais finalement pas grand-chose de son vécu. Je n'étais qu'une interférence perdue parmi les autres, assimilée aux autres. Je flottais, infime, dans ce réseau sans fin de faits et gestes qui, chaque jour, nous définit. Ces mouvements browniens sont de dimension si ridicule qu'il est impossible de les séparer les uns des autres. Comme la plupart des vies, la mienne se déroulait en dehors des aventures, des supplices et des grandes expéditions (dans ce qui me contrariait comme dans ce qui m'enchantait, je me contentais de sensations microscopiques. Pour me sentir exister, je les exagérais ensuite).

2

D'Anissa Corto, j'eusse voulu être le parfait géomètre, compter ses pas, mesurer son souffle, déterminer les durées qui la séparaient d'un acte au suivant, d'un lieu à l'autre. Mais parmi l'infinité des mondes possibles, nous ne vivons hélas que dans un seul : le nôtre. Rien n'y est précisément mesurable : on n'y quantifie que très approximativement les êtres, les phénomènes y sont vagues, les choses, imprécises. Nos actions sont aussi floues que les motifs qui les déterminent sont obscurs. Chaque événement n'est que l'écho d'un autre événement, et ainsi de suite, à l'infini, sans que jamais puisse être isolée une cause jusqu'à la rendre première.

En vain, je cherchais entre mon existence et le reste du monde une corrélation. Ma présence ici-bas avait forcément des répercussions sur une partie des phénomènes et des réactions. Mais comment évaluer cette influence ? Comment épurer les actions d'Anissa Corto de mon existence ? Quelles variables choisir, en les triant dans un improbable écheveau d'émotions simultanées, de faisceaux de moments anarchiques que le vocabulaire ramasse sous le seul mot de « vécu », pour établir entre mes actes et les siens une relation nécessaire, formalisable par les mathématiques, qui pût faire sens ?

Mes gestes eux-mêmes s'égaraient, se brouillaient, mes intentions se superposaient, parfois s'évaporaient, tantôt se contredisaient, ne laissant rien de lisible se détacher dans la réalité. Incapable de faire une lecture intelligible de ce qui émanait de moi, comment eussé-je pu appréhender la part d'Anissa Corto qui leur était sinon « redevable », du moins reliée par l'expression d'une causalité ? Quelles longueurs d'ondes étaient chez elle modifiées par mon influx ? Quel champ magnétique, par mon aimant ?

J'étais, en l'observant, en me trouvant sur son passage, en la suivant rue du Mont-Cenis, jusqu'à la place Jules-Joffrin où je la laissais s'engouffrer dans le métro, un émetteur d'altérité. Et je sentais qu'aucune étude, eût-elle comporté dix mille, cent mille, un million de pages, n'eût été à même d'aboutir à une *définition exacte* d'Anissa Corto. Il fallait se résoudre à cette conclusion : les êtres sont ce qui nous échappe.

Jamais on ne saurait les résumer à la synthèse de leurs qualités, aux impressions qu'ils nous inspirent, à leurs actes, à leurs principes. Ils errent sans cohérence ni contours au milieu des choses. Ils arpentent l'immesurable avec hasard et caprice. Sans autre processus que celui d'habitudes qui s'émousseront tôt ou tard, ils n'achèvent ni leurs actions ni leur destin. Tout fluctue, de leurs gestes et de leurs paroles et, pour peu qu'on les observe mieux, on s'aperçoit que toute répétition n'est qu'apparente, qu'un événement ne coïncide jamais avec un événement passé ou futur.

Rien n'est plus imprécis qu'une vie, en fuite perpétuelle et contingente, tissant des relations imprécises, prêtant des serments aléatoires, prenant des résolutions volatiles. Si infime fût-elle (0,1 % ; 0,001 % ; 0,2 % ; 1,96 %...), la corrélation entre mon existence et l'existence d'Anissa Corto existait néanmoins. Dieu seul en connaissait la valeur. Mais elle *existait* puisqu'elle était ma seule richesse. J'y tenais comme à la prunelle de mes yeux. Je me disais aussi que, toute corrélation pouvant s'exprimer de manière chiffrée, il était *théoriquement* possible (même si cela était *pratiquement* impossible) d'édifier une science, ou du moins les prémisses d'une science d'Anissa Corto (l'« anissacortique »).

Dans le tissu élaboré par la vie réelle, où s'enchevêtraient tous les phénomènes dérivés du commerce des particules entre elles, Anissa Corto apparaissait à ma conscience tout en contours constants et je savais décomposer, à la manière d'un stroboscope, les moments de sa vie que j'observais en tranches d'épisodes distincts, composés chacun, même grossièrement, d'un début, d'un milieu et d'une fin.

Comme l'expérimentateur entêté cherche, en sciences, à faire jaillir la loi mathématique qu'il soupçonne enfouie sous le phénomène étudié en multipliant inlassablement les mesures, je m'efforçais de dégager de mes observations patientes la quintessence d'Anissa Corto, de bâtir sur ses conduites des théorèmes dont la valeur universelle m'eût permis de déduire mécaniquement tous les effets de toutes les causes.

Dans mon obsession de formaliser une fois pour toutes cet amas de quotidien dans une mécanique impeccable organisée autour de quelques principes éternels, je tentais de rassembler les formes successives de sa vie en une seule, de réduire ses attitudes disséminées aux cas particuliers d'une forme idéale appelée « Anissa Corto » dont découleraient chaque grimace, chaque achat au Franprix, chaque choix de chemise et chaque manière de sourire.

Le calcul scientifique ne s'est développé qu'au service de la précision, selon la religion de la précision, dans un mépris total de la nature de la nature, qui est d'être vague. Car le réel est vague, la vie humaine est vague, l'amour est vague, et nos interactions avec les autres. Ce dont je rêvais, c'était « tout simplement » de développer une axiomatique d'Anissa Corto issue d'une mathématique du flou, d'une physique de l'évanescence, d'une algèbre des contours.

Lorsqu'une pomme tombe de l'arbre, l'esprit humain sait transcender l'événement jusqu'à lui attribuer un statut de phénomène. Derrière l'accident, il a su reconnaître l'universalité voilée d'un principe, sous le bruit étouffé de la golden roulant dans l'herbe fraîche, la loi à laquelle obéit le mouvement des planètes. La terre était cachée par une pomme. De la pierre aux planètes, comme au mouvement des galaxies les unes par rapport aux autres, il n'y avait qu'un trait d'intelligence à tracer.

Qui sait si un esprit supérieur, un nouveau Newton, un extraterrestre ou un dieu n'eût pu établir entre Anissa Corto et moi une loi d'attraction similaire, aux règles évidemment moins concises, aux conclusions moins certaines, aux implications moins exactes mais dont les termes (pour être moins sûrement définis qu'au royaume des essences pures où leurs relations nécessaires fondent les mathématiques) eussent entretenu entre eux des liens remarquables ? Mais ce qui fait sens à une échelle de précision donnée, dès lors qu'on en élargit la définition, perd d'un coup toute sa pertinence, voire son existence même. Si trop d'exigence dans l'exactitude peut abolir le phénomène, de même, chercher dans mes interactions quotidiennes avec Anissa Corto une relation trop rigoureuse — de celles que la raison attend de la science et la science, de la raison — eût nui à l'esprit de ma démarche, pire : elle l'eût rendue plus absurde qu'elle ne l'était déjà.

Il eût fallut, pour parvenir à une appréhension satisfaisante d'Anissa Corto, développer une *épistémologie d'Anissa Corto*. Non pas les faisceaux d'Anissa Corto recueillis comme des impressions fugaces, non tous ces morceaux d'elle-même éparpillés dans les consciences, non, pour finir, ces instantanés de son être échappés d'elle à son insu et qu'elle dilapidait sans contrôle dans le monde extérieur qui les laissait mourir au vent.

Je veux parler de l'Anissa Corto *une*, calquée sur elle-même, coïncidant avec tous ses gestes, toutes ses volontés, toutes ses images, toutes ses perspectives. Une Anissa Corto comparée à la même seconde de tout son tissu ferme, semblable à ses schémas comme à sa nature profonde, à ses approximations comme à son noyau, à son esquisse comme à son achèvement, et dont chaque motif pût rejoindre l'ensemble ainsi qu'une mosaïque de fractals, quand le détail et la vue générale ont la même figure.

Une Anissa Corto dont la futilité fût noyée dans le nécessaire, la gravité, indissociable de toutes les légèretés commises. Bref, une Anissa Corto rassemblée, réconciliée avec ses mille visages et ses millions d'instants. Une Anissa Corto ramenant à elle, comme les fourmis solidaires d'un même instinct ne forment plus qu'une masse noire qui n'est que cet instinct à l'échelle supérieure, toutes les perspectives d'Anissa Corto.

4

Ce que j'eusse adoré, c'est qu'Anissa Corto exagé-
rât mes proportions par rapport à la réalité, opérât
sur ce que je représentais pour elle (c'est-à-dire rien
moins qu'un microbe) un effet loupe ; qu'elle aus-
cultât au microscope les manifestations de mon
amour chaque jour renouvelé. Tout est question
d'échelle. Lors de ces instants particuliers où j'inter-
venais dans sa vie, pour peu qu'on eût bien voulu
grossir un million de fois l'importance de la scène,
pour peu qu'on eût bien voulu concentrer sur l'événement « mon chariot heurtant le sien au rayon crémerie du Champion » toute l'attention du monde, la
plus grande de toutes les attentions de toute l'histoire de l'humanité, on se fût alors aperçu d'une
chose : que j'existais. Que *quelque chose*, entre
Anissa Corto et moi, existait.

Ça me rappelait mes cours de mathématiques,
lorsqu'il fallait s'attarder sur un point particulier
dans l'étude d'une courbe, et que, par un effet
« zoom » sur ce dernier permettant de savoir si une
fonction y est croissante ou décroissante, on en
cherchait la dérivée. Je voulais calculer la dérivée
d'Anissa Corto. Mais un stimulus donné n'entraînait
pas nécessairement l'effet qu'on eût logiquement
escompté aux dimensions habituelles de la réalité.
Mes signaux se perdaient dans l'éther, état physique
abandonné par les théoriciens au début du siècle

mais qui, au royaume des sentiments, existe encore sous le nom d'indifférence.

Dans une biographie traditionnelle d'Anissa Corto, je n'aurais à cette date pas encore figuré. Dans une biographie « grandeur nature », c'est-à-dire un ouvrage où chaque seconde de sa vie eût appelé au moins une phrase, je serais apparu avec la même importance qu'un galet sur une plage, une mouette dans le ciel, un sol dièse dans la *Cinquième Symphonie*. Dans une étude obsessionnelle sur Anissa Corto circonscrite à une journée particulière de sa vie, un mémoire de 1 342 pages sur le seul jeudi 12 novembre 1997 par exemple ou, plus précisément encore, sur le jeudi 12 novembre 1997 au Champion de la rue Duhesme entre 18 h 47 et 19 h 12, alors là, notre passion eût facilement occupé 800 pages.

J'éprouvais le même sentiment que dans le métro, lorsqu'il m'arrivait d'y vivre pendant quelques minutes, parfois quelques secondes, une histoire d'amour avec une inconnue. Si l'amour pour une idée a besoin de siècles pour s'épanouir, la durée de l'amour entre un homme et une femme varie entre une fraction de seconde et toute la vie. Il passe souvent plus d'émotions, de promesses, de joie dans un échange de regards furtif que dans le commerce des corps qu'installe l'habitude de trente ans de mariage. Si l'on avait pu arrêter le cours du temps, ausculter ces regards croisés et approfondir cette bouffée de bonheur contenue que deux êtres étrangers l'un à l'autre ont partagé sans dire un mot, figés par la timidité, l'absurdité d'une porte trop vite refermée ou l'envie de rester sur cette sensation pour toujours, on se serait aperçu que l'amour, n'ayant eu pour s'exprimer que la durée d'un souffle, a concentré tous ses détours, ses jeux, ses extases et ses douleurs dans une seule et même palpitation, comme un pincement de cœur originel, indéfiniment renouvelable.

On comprendrait qu'à l'échelle à laquelle elle fut mesurée, cette histoire d'amour ne différait des autres que par son exceptionnelle densité (maximum de sentiments en un minimum de temps). Je formulai l'hypothèse que la quantité d'amour que je pouvais donner (sinon équivalente, du moins proportionnelle à celle que je pouvais recevoir) était constante, déterminée dès le départ, et que je la distillais dans le temps, exactement comme la quantité de matière de l'univers, invariable, fut concentrée en une densité infinie à cet instant déterminé du passé qui précéda le big bang, puis se diffusa, se dissémina, se répartit de manière uniforme dans toutes les directions possibles de l'espace.

Cet état de densité maximale et de température extrême permit la fusion des particules subatomiques conduisant à la création des éléments chimiques. Dans le métro face à une inconnue tous les ingrédients étaient réunis, dans les proportions requises et à la température idéale, pour que l'amour explosât, créant ce pouvoir immédiat, latent, d'unir irrémédiablement deux existences, de faire fusionner deux corps (le sien et le mien) qui s'ignoraient jusque-là, allaient vivre cet amour entre deux stations, s'irradier de regards complices pour faire l'amour, fixer leur attention sur un autre usager en guise d'adultère, baisser les paupières ou se plonger dans la lecture d'un magazine pour vivre leur première rupture, les relever maladroitement pour sceller les retrouvailles, échanger un sourire embarrassé en manière de mariage, et pour se figurer le divorce, sortir du wagon ou se dire adieu dans la grimace du sacrifice consenti.

Cette forme de passion amoureuse reste moins courante que sa version dilatée, qui prend la forme d'une vie de couple et traverse toutes les noces, d'argent et d'or. Si la société humaine privilégie la version longue, c'est que les enfants ne naissent ni d'un clin d'œil ni dans le métro. Mais au regard de l'amour, qui ne connaît d'étalon que dans la seule mesure de l'absolu, la manière importe moins que la matière, la quantité moins que la densité.

Le bonheur peut être aussi bref que l'éclair ; il en est de même du malheur : voilà que l'inconnue sublime qui m'avait souri m'abandonnait soudainement pour poser ailleurs ses regards que j'appelais sans résultat, et dont je me sentais déjà orphelin. Elle avait établi cette relation à laquelle je n'aurais pas même osé songer, et voilà qu'à peine amorcée notre histoire, elle changeait d'avis, raturait sa décision première et marquait à mon endroit une indifférence crasse. Hélas, une accoutumance avait profité de ces quelques secondes pour naître en mon for intérieur. Rien n'y faisait : la passion, excitée par sa propre éclosion, butait contre une fin de non-recevoir d'autant plus surprenante que l'instant de sa genèse et celui de son agonie s'étaient pratiquement confondus. Je tentais l'impossible pour que la situation se rétablît, que revînt la complicité, que réapparût l'amour initialisé par elle une minute plus tôt.

> *pose les yeux sur moi*
> *puisque tu as laissé*
> *par ton regard en moi grâce et beauté*

Inutile : ma chance était passée. Je ne l'intéressais déjà plus. Ce qui m'avait été donné m'était repris avec la même gratuité, le même culot et la même brutalité. Moi qui n'avais rien demandé à cette fille (parce que je ne la trouvais pas plus attirante qu'une autre), voilà qu'à présent j'attendais tout d'elle, que ma vie était suspendue à la sienne, qu'elle était la plus belle du monde et que la perspective de ne jamais la revoir se révélait insupportable.

Quelques instants plus tôt, j'existais pour elle à l'état d'hypothèse. Je la concernais. Une part d'elle-même avait des vues sur moi. Il ne tenait qu'au hasard d'insérer en lui un accident neuf, un événement issu de son absurdité (parfois généreuse) et qui eût permis à des envies brumeuses de se cristalliser autour d'une volonté. Mais à cette éventualité de pouvoir m'aimer était venue se substituer, avec le caprice inverse de celui qui avait gouverné le sourire ou le regard qui avait mis le feu aux poudres, une dénégation sans appel, une décision irrévocable qui me faisait regretter le temps où tout était encore possible, trente secondes auparavant.

L'irréversibilité de la sentence me paraissait d'autant plus violente que, le premier élan ayant été favorable à mon égard, j'y étais « presque ». L'envie a rebroussé chemin, puis s'est envolée sans laisser d'adresse. M'a-t-elle pris pour un autre ? A-t-elle remarqué sur mon visage un détail qui, passé la perception première, lui aura paru rédhibitoire ? Ai-je eu, sans le vouloir, une manière de répondre à ses avances qui lui a donné honte de son audace ? Ai-je rêvé cette audace ? Je ne le saurai jamais car déjà l'inconnue, qui m'arrache sa présence et disparaît avec son visage vital, son prénom anonyme et son avenir mystérieux, est sortie de la voiture sans même conclure l'incident par un sourire embarrassé qui eût exprimé un repentir, une moue hautaine qui eût ponctué son mépris.

Ce visage inconnu, avant de s'émousser en moi, puis de s'éteindre à jamais, m'agaçait quelques heures, parfois quelques jours. Il me faisait souffrir comme une promesse non tenue. Chaque rencontre, même fugitive, charrie son deuil à faire. Je ne pleurais pas seulement un être que je ne connaissais pas, mais un être que je ne pourrais plus jamais connaître. J'étais mélancolique à cause d'une inconnue, d'un corps qui s'en était retourné parmi les corps, deviendrait indiscernable dans la multitude qui se l'était approprié comme une gueule, un corps inimaginable dès que j'essaierais d'en redessiner les traits. En m'endormant, son visage se promenait encore dans ma tête, il m'obsédait et convoquait l'impuissance de n'avoir su le garder, lui dire « je t'aime », l'empêcher de sombrer parmi les choses. Peu à peu, le regard de l'inconnue, sa bouche, son nez s'abîmaient en d'autres traits mieux connus de moi, des pommettes et des mentons familiers qui me servaient d'étalon trop précis, trop contaminé, pour retrouver ceux de mon inconnue, et me les faisaient perdre.

Penser à Virginie ou à Claire pour en déduire le visage de la fille du métro, tel était le meilleur moyen d'en précipiter l'irréversible fugue. Ce qui était trop inédit, trop inattendu, j'avais du mal à le fixer par la pensée sans le revoir. Il s'agissait alors de ruser. Pour retrouver un visage perdu, j'utilisais des béquilles mentales, exactement comme on retiendrait un raisonnement mathématique complexe non en apprenant sa démonstration de dix pages, mais en se souvenant de deux points essentiels dont le reste découle.

Pour l'inconnue, il me faudrait peut-être, afin que puisse rejaillir dans sa pureté originelle son visage telle que je l'avais vue pour la première fois, intacte, me souvenir du passager qui se curait le nez à côté d'elle ou de la couverture du journal qu'elle lisait. Tirons sur ce fil : toute la pelote viendra.

Une fois que je l'avais laissée partir, je la voyais qui marchait. Elle se dirigeait vers l'inconnu. Sa destination, c'était de disparaître. L'imagination devait alors prolonger le travail commencé par les yeux. Pendant quelques minutes, je parvenais à inventer une vie à cette femme : je savais, parce que je connaissais la station où elle était descendue, que son avenir proche était fait d'un escalator, de deux longs couloirs et d'un autre escalator. Après, c'était la foule, le réel, le froid, la dissipation dans la contingence et l'indicible, c'était un remous de possibilités infinies, et mon entendement la perdait de vue, mon intelligence tournait à vide. Le lendemain, légèrement commotionné par son être encore frais, une seule question émergerait au lever : où faudrait-il que je sois en ce moment pour la revoir ?

> Dans ce débat somme toute conven-
> tionnel entre la subjectivité et la science,
> j'en venais à cette idée bizarre : pourquoi
> n'y aurait-il pas, en quelque sorte, une
> science nouvelle par objet ? Une *Mathe-
> sis singularis* (et non plus *universalis*) ?
>
> Roland BARTHES.

Pour l'heure, tant m'obsédait cette question
essentielle de l'échelle à laquelle on mesure une histoire d'amour, je me rassurais en me persuadant que
dans un référentiel « bien choisi », je vivais une relation privilégiée avec Anissa Corto. Au sein d'un tel
référentiel, manger une pomme me prenait trois
siècles, prendre un bain relevait de l'épopée façon
Cousteau et me laver les dents, de la « tectonique
des plaques » de Wegener. Quant à Anissa Corto,
comme dans ce film de Woody Allen où la mère du
héros se promène, gigantesque, entre les Twin
Towers en cherchant son fils, elle était devenue dans
mon esprit trois fois plus grande que la tour Eiffel.
Dans cette impossible « biographie au microscope » où elle enjambait le périphérique pour venir
d'une chiquenaude faire voler en éclats la vitre de
ma chambre située à un étage qui lui arrivait au
genou, dans cette biographie-là j'existais. L'expres-

sion « notre couple » revêtait une signification. Il suffisait d'apporter les correctifs nécessaires aux proportions imposées par la réalité, et je me retrouvais, comme par enchantement, l'homme de la vie d'Anissa Corto.

Même si aucun biographe n'a eu la patience de *tout* écrire sur Napoléon, les instants que l'Empereur a consacrés au décrottage de ses bottes ont bel et bien existé, au même titre que ceux où le général de Gaulle a dû chasser de sa chambre à coucher un moustique qui l'importunait. Je savais bien que cette loupe qui me rapprochait d'elle, me collait à elle (aux yeux d'un continent, deux êtres de la même ville se confondent ; à ceux du millénaire, deux générations successives n'en font qu'une), je savais que cette loupe donnait une vision malhonnête de ma situation. Avec un tel appareil de mesure, la focalisation pénètre toutes les couches de l'absurde. Utilisé n'importe comment, cet outil réduit Saint-Just à l'auteur libertin d'un long poème pornographique intitulé *Organt*, et ne s'intéresse à 1789 qu'en tant qu'année de parution de cet ouvrage. A travers lui, Hitler reste avant toute chose un peintre paysagiste crevant de faim dans les rues de Vienne et Mussolini, un journaliste raté et un petit instituteur sans envergure.

On n'agrandit pas le réel sans dommage : si une nouvelle vérité se substitue à l'ancienne en la grossissant, une multitude de détails apparaissent à leur tour, insoupçonnables auparavant, à l'œil nu. Comment deviner que la moquette est un champ de bataille sanglant, où s'entre-tuent dans des cyclones de poussières des armadas de condottieres à cornes, pointes, antennes et pattes effilées ? Puisque à cette échelle une minute dure trois ans, qu'Anissa Corto y est éternelle, nous percevons dans un mouvement de sa paupière, une lueur vibrante dans la pupille, comme un remous nerveux qui semble commander le sourire devenu route, une nuance plus fripée dans le cerne, une morsure auparavant invisible à la base de la nuque, des informations sur sa vie privée qui nous font souffrir le martyre.

A nouvelle dimension, nouvelle perception. Ce que je voyais, voulais voir sur l'Anissa Corto homothétique, à la manière des poupées russes qui s'ouvrent sans fin sur une plus petite, me livrait des doutes toujours renouvelés, toujours inédits, et cette ramification perpétuelle de la matière à jalousie me rendait fou. La moindre relation charnelle était, dans cet univers de l'infiniment grand, impitoyablement dénoncée par l'éclosion d'une nouvelle promotion de veinules violacées à la base du nez et d'un dégradé de gris dans la poche de l'œil. En attendant d'avoir le pouvoir de l'en blâmer, je continuais de la suivre entre la rue Duhesme et la rue du Ruisseau, la place Jules-Joffrin et le boulevard Ornano.

La nuit, ma princesse continuait d'être indifférente. Ivre de la silhouette d'Anissa Corto, de ses épaules et de son dos recouvert par sa crinière noire, je titubais dans ma tête, me réveillais en sursaut. Rendormi, un autre rêve commençait où je me postais en sueur devant elle, avec au fond des yeux l'arrogance d'un courage illimité, secouant la tête, aveuglé, croyant à l'amour et lui jetant le mien au visage. D'autres fois c'est à ses pieds que je le déposais, plus timide, ancré de courbatures, la tête sous la voûte orientale de ses épaules. Hélas, mes rêves s'interrompaient toujours au moment où elle allait réagir ; je restais seul avec mes actes fantasmés, sans possibilité d'appréhender les siens autrement qu'au réveil, par des déductions rationnelles.

J'eusse aimé que mon subconscient fît ce travail à ma place, sans l'assistance de l'intelligence. La raison me livrait des conclusions si pessimistes qu'elle ajournait encore le moment où j'adresserais la parole à Anissa Corto. A l'aube, je sautais du lit. J'imaginais son lever parallèle, sa fatigue calquée sur la mienne, le bruit de la même pluie que la mienne sur ses carreaux. Ces intempéries, ce lever, cette lutte avec la lumière du matin, les pas hagards encore tournés vers la nuit, nous les partagions, comme nous partagions la même date, la même heure, les mêmes informations à la radio. Une nouvelle journée commencerait. Comme la veille, je ne la lâcherais pas d'une semelle. Ce serait ma manière de lui demander des comptes. Cambrée, merveilleuse, dans quel vêtement léger, sous quel coton de quelle robe, sous quelle soie de quelle chemise rangerait-elle sa cambrure, ses merveilles ?

J'avais de la peine de la savoir suivie ; je me rassurais en me souvenant que c'était par moi, pour la bonne cause, celle de l'amour fou. Elle était enfermée dans ma volonté. Ce jour serait encore un jour de filature.

Quelque chose s'éveillait en même temps qu'elle peu après l'aube, avec elle, et ce n'était pas tout à fait moi. C'était une part de moi qui, dans l'inassouvissement, la frustration perpétuelle, ressemblait à une caricature de mes sentiments. Celui qui la suivait n'était qu'une exagération de moi-même, sans yeux ni bouche, réductible à ses pas obstinés, à sa seule envie d'aimer. Sorti de la tristesse nocturne, à l'heure où l'on entend dans la rue le murmure des marchés, je me décidais à sortir non sans avoir hésité entre trois pantalons, sept chemises et deux eaux de toilette. En descendant les marches de l'escalier, quelque chose me disait que je ne l'aimais pas, que je n'aimais personne et qu'Anissa Corto n'était que le terme générique d'une maladie. N'était-ce pas l'ennui qui me faisait agir de la sorte ? Sans doute ne chassais-je que des palpitations.

Pour la tout entière beauté
ne risquerai quoi que ce soit
sinon pour un je ne sais quoi
que d'aventure on peut trouver

C'était pourtant ses yeux noirs, ses regards précis, l'arrogance sévère de son menton suspendu dans les airs comme un pont dont j'avais besoin. Aucune hésitation : sur le trottoir aux vies éparpillées, fendant le flot des anonymes, des secrétaires trottinantes et des commerciaux si pressés, je continuerais de toiser longtemps ce corps en mouvement, cette femme en évasion qui formait le convoi de mes espérances. J'inventerais cette science de la femme aimée.

Il restait à écrire le livre du flou grandiose, ce flou à exprimer pourtant, à saisir, ce vague infini du tout morcelé, cette réalité éparse qui s'infiltrait partout. Elle était là la réalité « de tous les jours », vierge encore, en attente d'être étudiée. Ce qu'il fallait, c'était changer de point de vue, revenir au système *singulier*, celui d'un être en particulier : Anissa Corto.

CINQUIÈME PARTIE

L'amour seul

1

Quand j'appris qu'Anissa Corto allait quitter la cité Henri-Barbusse pour emménager un peu plus loin, je fus le plus heureux des hommes. J'allais enfin pouvoir aller habiter chez elle puisque je deviendrais le nouveau locataire de son appartement. Le jour de la visite, je manquais de défaillir. J'avais le trac. En entrant pour la première fois dans ce qui avait été sa chambre et où ne subsistait plus, à l'emplacement du lit, qu'une nuance plus sombre du parquet, je n'avais pas osé regarder vraiment par crainte d'user mon émotion. Je voulais conserver ma sensation pour plus tard, quand je serais seul. J'emménageai le surlendemain. J'allais passer ma première nuit chez elle. Dans les pièces, les couloirs, je n'osais pas exister tout de suite, de peur qu'elle fût encore un peu là. Les pas des voisins du dessus étaient des pas connus d'elle ; je commençais de vivre sa vie. J'avais cherché des cheveux d'Anissa Corto, des empreintes sur les vitres, des extraits d'arômes qui m'eussent attendu ici où là, suspendus dans un dernier hommage à celle qu'ils avaient habillée.

Ainsi qu'une brume de fleurs éparpillées, un spectre ironique me visite quand je ne dors jamais : c'est son parfum resté qui se moque. Du haut de son autel, il me parle d'hier. J'essaie d'enlacer sa taille souple, mais voilà qu'il disparaît. Son souvenir flotte

entre les murs et me regarde, embaume son passé
d'une légende exagérée.

L'appartement était devenu le mausolée de ses
gestes, le mémorial de ses habitudes désertées. La
baignoire savait ses clapotis dans la mousse remuée
des bains bouillants, les interrupteurs avaient gardé
en mémoire la pression de son doigt quand elle faisait la lumière. Dans le lit absent, une tache plus
sombre, qui n'était que la masse d'une ombre ou le
poids d'un rêve, rappelait à la nuit qu'elle avait eu
ici sa place. Et de tous les êtres qui naquirent,
s'aimèrent ou moururent ici, elle resterait celle que
la pierre aura préférée.

Nous habitons de vieux appartements dans le
mépris de ceux qui nous y ont précédé. Des femmes
ont pleuré ici pour des hommes, des enfants ont
joué. Quels drames ces pièces aux murs muets nous
dissimulent-elles ? De quels secrets fait-on les
pierres ? Comment fut vécue, dans mon salon,
l'année 1972 ? Jamais la lumière frisante, sa corus-
cation grenue de midi, lorsqu'elle s'étale telle une
coulée de beurre frais sur le parquet de la salle à
manger, n'aura peut-être été plus éclatante que le
19 février 1972. Quel jour la cuisine fut-elle la plus
heureuse ? Combien de fois l'exercice de l'amour y
fut-il pratiqué ? Connaîtrais-je jamais le nombre de
pas répertorié par le parquet, celui des cris empri-
sonnés dans les cloisons ?

Je convoquai ces locataires dont la nouvelle
adresse ne regardait que la mort : ils avaient moins
d'importance que moi. Leur séjour aboli n'était que
le prélude éphémère de mon installation définitive.
Le temps ne venait-il pas s'échouer sur mon palier ?
Tant que je bougeais, j'incarnais le présent dans ce
qu'il avait de plus actuel ; vivre maintenant, c'était
avoir raison. Je vivais ce qu'il y avait de plus neuf

et de plus nouveau. Le temps méprise les figures qu'il a consommées.

Des ombres errantes jouaient derrière mon dos, les morts s'appropriaient leurs lieux désertés, nombreux dans les fauteuils, bavards sous leur linge pâle. Les fantômes tenaient salon ; ils revivaient les offenses des heures qui s'éloignent, reviennent avec le visage des années. Ils dépassaient leur vie dans une jouvence monacale, immobilière, faite de murs inchangés. Ils parlaient peut-être de moi. Ils me critiquaient. Sillonnant les reliefs, voyageant sur un reflet, ils revenaient là où ils eurent des peines, fêté Noël et fait des enfants.

La nuit, des silhouettes travaillaient : les formes aplaties qui se sauvaient mur à mur dessinaient au plafond les mêmes motifs qu'en 1972. Chaque fois que les saisons repassaient, elles laissaient filtrer dans la maison la lumière des étés morts. La brique ne s'étonnait de rien. La lumière poudroyait, frottait sur les lattes son ventre d'ondes ; les pierres revivaient les dates.

Glissant de la fenêtre vers la cheminée, un morceau de soleil tirait sur le sol des lignes brisées qui se mêlaient à celles du vendredi 21 juillet 1972. Dans les vibrations vitrifiées qu'elle ranime en les ressassant, la lumière ne commence pas. C'est une peau qu'elle brûle, cette peau se plisse et meurt ; c'est un parquet qu'elle blanchit, mais sa flèche pointée ignore la direction du temps. Seuls ont un début, un milieu, une fin, les corps qui se corrompent en digérant. Nous balayons le plancher quand se mélangent à la poussière les attitudes des morts. Subtils, ils reviendront par une fissure pour incarner leur devenir parallèle. Mais qu'appelle-t-on un mort ? Est-ce une absence, un souvenir, un remords ?

J'ignorais qui je frôlais, quelle carcasse me visitait la nuit : les agonies étaient maîtres du lieu ; je piétinais leur domaine. Faisant les cent pas dans le

salon, je profanais des dates. Ce 26 mars que je tra-
versais en toute impunité, comment eussé-je su qu'il
était la date anniversaire du décès de la petite Emi-
lie Letroupier, emportée le 14 mai 1967, en pleine
apothéose de « Fille Sauvage » de Richard Anthony,
par une méningite dans la même pièce que celle où
j'écoutais Neil Young ?

Je distinguais les pas perdus. Ils faisaient un bruit
secret. Les locataires étaient partis : avancés jusqu'à
la dernière pente, celle qui menaient les hommes à
leurs dépouilles, ils garderaient pour sépulcre
l'appartement où Anissa Corto avait dû faire si souvent l'amour. Entre quatre planches qui dessinaient
son chevet, ils ressuscitaient comme ils pouvaient ;
je les aidais : qui pensait à eux ? Qui les pensait,
sinon moi ? Tout m'intéressait. Quel avait été le
1972 de cette prise électrique ? Quelle tête avait eu
mon année 1972 vécue exclusivement par la perspective qu'offrait sur le monde la fenêtre de ma
salle de séjour ?

La mort montait et descendait les escaliers, elle
sonnait à ma porte, j'ouvrais et mes visiteurs recon-
naissaient leur lieu. Deux larmes sur cette joue : une
demoiselle qui avait connu ici son amant. Une main
maladroite qui caressait le carreau : jeune, cette
main avait caressé le front de son enfant. Il y avait
eu dans ce petit cimetière qui s'appelait désormais
« chez moi » des espérances, des départs.

Ici, Anissa Corto avait pleuré. Ici, elle s'était capi-
tonnée comme un petit animal pour oublier le bruit
des choses. Des dimanches s'étaient écoulés entre
ces murs, au fond de son lit, dans l'imbécile préser-
vation des conforts de couette où le monde n'est
plus qu'un souffle chaud. Ici, je le savais, des
hommes sans visage avaient passé la nuit. Au cœur
de cette chambre qui m'était son cœur, elle avait
connu des moments de plaisir. Les ombres sur le

mur dessinaient les corps d'amants voûtés sur son corps, leurs mains géantes, le spectre effrayant de leur figure. Les cris de volupté d'Anissa Corto n'avaient pas quitté la chambre ; ils existaient à l'état de silence, mais ils étaient bien là. Son intimité était condensée dans cette surface de vie de femme. J'arrivais trop tard.

2

C'est en automne que commence l'année, sur le calendrier scolaire où nos saisons sont des noms d'amoureuses qui dorment au fond du temps. L'odeur de leurs cheveux roux se mêle à celle des feuilles qui tombent et des gommes neuves. Leur trace sur la terre a la figure d'une tache sur les buvards. Mais les amoureuses ont disparu, vacillantes ; elles ne jouent plus à l'élastique sous le préau. Elles furent jeunes et connurent nos bermudas ; elles élèvent aujourd'hui des enfants qui connaissent, à leur tour, les taillures de crayon et le bruit mouillé de l'éponge sur le tableau noir. L'automne est la saison des amoureuses. Nous avons grandi. Toute notre vie, nous croiserons des fantômes de femmes aimées, dont le regard ne se pose plus jamais sur nous.

L'automne traversé par Anissa Corto devenait poétique (plus rose, plus vert, plus fuchsia, plus 1972). Elle bouleversait les molécules. Les lieux ne m'apparaissaient plus comme des volumes, des contours, des déliés et des pleins, mais comme des vibrations que son être, en les fréquentant, en les frôlant, en les quittant, parvenait à corrompre. Autour de sa personne s'édifiait l'espace, s'organisait la vie et tournait, placée en orbite, la réalité. Elle formait un bloc harmonique, essentiel, d'où tout semblait pouvoir se déduire, et l'expression noire de son œil adressait à l'univers son ordre du jour. Et les choses s'exécutaient.

Une fois quittée la rue Championnet, Anissa Corto allait acheter la presse, qu'elle lisait toujours dans le même café : Le Clignancourt. J'achetais les mêmes journaux qu'elle (*Libération* et *Le Parisien*), que j'allais lire à une table voisine de la sienne. Nous épluchions les nouvelles en parallèle. Nous étions soudés par cette lecture, mariés, parce que nous partagions tel éditorial, tel article de politique internationale ou le résumé d'un film. Je cherchais à extirper de la page le secret de ses goûts, de sa sensibilité.

Afin d'être sûr que ma lecture recoupât intégralement la sienne, je ne sautais pas un article. Puis, il s'agissait de coordonner ma sortie avec la sienne. Je prenais soin de régler mon café et mon croissant (c'est ce qu'elle prenait aussi) à l'avance, pour ne pas perdre de temps au moment de lever le camp. (Le pire qui pouvait m'arriver, et cela advint deux ou trois fois, était l'irruption, au moment du départ, d'une connaissance ou d'un ami, notamment de Mingus et de ses interminables monologues.) Je me levais quand elle se levait, sortais quand elle sortait.

Vers neuf heures, elle prenait le métro, à la station Jules-Joffrin. Devant prendre une autre ligne pour me rendre à Marne-la-Vallée, je lui disais adieu. Au matin, il faut rendre la femme qu'on aime. C'est la règle. Les choses se l'approprient, et la multitude des pressés la happe. Sublime au milieu des salariés, dans leur sueur.

Abandonnée à sa journée, elle serrait des mains, déjeunait avec des êtres humains ; elle téléphonait. A treize heures, elle allait déjeuner. Treize heures sonnent dans une ville : les hommes, les femmes appuient sur un bouton d'ascenseur. Leur ventre fait des bruits. Ils s'adressent des sourires, pensent aux courgettes, au jambon. Jean-Louis préfère les champignons. Aude reprendra de la purée. Les agglomérations sont remplies de salariés qui déjeunent, laissent un pourboire.

Existences remplies, empressées, volatiles et obstinées qui fomentent, s'agitent, consomment des vitamines et des produits, relèguent aux marges des petits plaisirs ou des heures confortables l'agrément d'être un peu moins seul en étant deux qui est pour eux la seule définition possible de l'amour. Sans doute les salariés sont-ils les plus forts : car derrière leurs heures tâcheronnes où l'agenda prime sur les palpitations se dissimule peut-être une philosophie issue de l'intuition puissante et géniale que l'amour n'existe pas. Je n'étais pas un salarié ; j'étais un canard.

Dans son appartement devenu mien, mes pas se superposaient aux siens. Je ne sortais plus le soir ; j'avais hâte de rentrer chez moi, chez elle, chez nous. J'étais gentil avec son ombre. J'étais jaloux des actes enfermés entre ces murs. Je posais des doutes un peu partout, ne prélevant que des hypothèses. J'habitais avec une femme qui n'habitait plus là. Je l'imaginais le soir en peignoir, qui me faisait face ; j'attendais qu'elle vînt poser ses lèvres sur les miennes. Une boule, d'un côté de ma couette, et la voilà qui était pelotonnée à côté de moi, dans la chaleur de la nuit. Le matin, je faisais semblant de lui parler doucement ; je reculais le moment de vérité qui m'apprendrait que j'étais fou, que personne n'avait dormi avec moi, que je n'avais baisé que les lèvres d'un vieux drap. Elle n'était ni mutine, ni douce, ni belle au réveil ; elle n'était rien du tout. Qu'une figure absente dont j'espionnais le souvenir. Je nouais mes bras autour de sa taille invisible ; je lui parlais devant le miroir qui ne renvoyait, au lieu des courbes assoupies de sa beauté matinale, que les traits tombants de mon masque d'amant. Et je savais qu'elle n'était pas dans la cuisine, que ce soir encore elle ne se coucherait pas près de moi.

Privé d'avenir, je me condamnais à revivre des jours vécus ici par elle, des jours et des matins et des nuits où elle avait occupé l'espace que j'occupais à présent et qui, amputés d'elle, m'apparaissaient comme le cimetière de ses habitudes, de ses gestes. Anissa Corto était fragmentée dans ces pièces en des milliers d'instants enfuis qui n'appartenaient désormais qu'aux murs. C'est dans un champ de possibles que je m'étais enfermé, traversant ses joies et ses pleurs sans savoir quelle zone ils occupaient encore, comme des fragrances immobiles.

Je savais bien que dans ses bras, j'eusse été plus malheureux encore. C'était seul avec moi-même que je l'aimais le mieux, préservé des douleurs que la jalousie déclenche, des déceptions que la réalité ordonne. Dans les yeux vides de l'Anissa Corto faite de courants d'air et de senteurs évanouies, il n'y aurait jamais cette sévérité soudaine, inexplicable, des regards annonciateurs de rupture. Jamais, des lèvres muettes d'une femme théorique, ne s'échapperaient les mots qui tuent. En différant les caresses, je différais les ecchymoses.

C'était dans la solitude que je voulais être deux, à partir de moi-même que je voulais l'aimer. Nous ne désirons jamais que dans les limites de notre imagination ; la déception est le nom du gouffre qui nous sépare de cette femme qui vit sa réalité indépendamment de ce que, seul dans notre chambre, nous y avions mis. L'Anissa Corto logique, conforme à mon désir, m'importait bien davantage que l'Anissa Corto anarchique, dont la liberté compliquée se promenait sur la terre. Je ne cherchais pas tant à connaître l'amour qu'à éviter d'en souffrir. Je me protégeais de ses effets avant même d'en avoir épuisé les causes. Allongé sur le parquet imprégné de son poids, il m'arrivait de pleurer.

Anissa Corto représentait un autre visage, une face cachée de ma solitude que je ne connaissais pas. Les femmes que nous aimons sont des chemins amers vers nous-mêmes. Dans l'étreinte passagère comme dans les larmes qui durent, elles nous accompagnent au bout de ce que nous sommes,

puis nous y abandonnent. Mon désespoir s'était
incarné dans cette beauté aléatoire happée dans un
café parisien, un jour de pluie. Le nom d'Anissa
Corto faisait dériver mes angoisses vers un autre
corps que le mien, et c'est ma folie qui, prise en
charge par une amoureuse décrétée, changeait soudain de définition. Je n'étais plus seul, mais seul-
avec-elle.

Dans les foules gesticulantes, cognantes et
suantes, nous allions danser. C'était toujours le
samedi soir. Je la frôlais facilement. Mon trémous-
sement n'était qu'un calcul : faire croire au monde
entier que j'étais avec elle. Et puis l'étreindre à toute
vitesse, anonyme. Je regardais mes chaussures
parce que je ne savais pas danser. Elles me ren-
voyaient à mon désespoir, à ma tristesse, à mon ridicule. La semelle droite se décollait. Mes mouvements étaient ceux d'une moissonneuse-batteuse. Je
surveillais Anissa Corto. Des types tentaient de
l'aborder. Ils se brûlaient les ailes. Imbécile et fri-
leux, je priais pour qu'aucun d'entre eux ne vînt à
lui plaire.

Nous sommes une espèce dansante, une grande
étendue d'espèce en transe au milieu des sons tech-
nologiques qui rappellent les industries, le textile et
les bassins houillers.

Il était difficile de suivre la mécanique saccadée
des oscillations d'Anissa Corto. Je la mimais, mais
chacune de ses attitudes semblait neuve, incohé-
rente. Cette danse ne comportait pas d'organisation
progressive. Je comprenais mal ce champ de l'activité humaine qui consistait à mouvoir son corps
sous l'effet de bruits informatiques. Il n'y avait pas
de slows.

Je dansais, et la scie électrique continuait, et les
rythmes d'une bétonneuse. Nous dansons sur une
lame de rasoir : les événements se décident à notre

insu, sans paroles, et il n'en est que deux sortes. Ou bien, sous les jeux de lumières palpitantes, nous sommes choisis pour la nuit par une femme qui meurt d'envie de faire l'amour avec nous ; ou bien, minuscule et idiot, déchiré des sanglots à venir, nous rentrerons seul, un grec-frites à la main. Nous nous sentons si laid parmi les jambes de belles. La terre entière est parvenue à ses fins : pas nous. Jamais nous. Nous allumons la télévision, il est trois heures du matin. Qu'à cela ne tienne : nous nous intéresserons à la littérature, aux mathématiques.

Seulement, rentrer avant Anissa Corto eût été inconcevable. Il fallait que je sache. Il fallait m'assurer qu'elle rentrerait bien seule, qu'aucun gorille ni bellâtre ne l'emporterait sous sa couette. L'histoire s'achevait au petit matin : quand cette femme sera couchée, avec personne d'autre qu'elle-même, je pourrais m'endormir à mon tour, ruiné par l'angoisse rétrospective d'avoir pu vivre en direct sa conquête par un con. Mon lit était ce champ de délices, le lieu d'un repos tranquille où, la panique passée, je succombais au sommeil l'esprit aussi serein que si elle fût morte.

Le dimanche était le jour où Anissa Corto et moi nous « donnions rendez-vous » au Pathé Wepler, devant la caisse. Il y avait toujours deux guichets, c'est-à-dire deux files d'attente. Elle se plaçait dans l'une et moi dans l'autre. Le cérémonial était réglé comme une montre. Tout l'art était de deviner quel film elle allait voir. Une ou deux fois, n'ayant pas entendu ce qu'elle demandait, je m'étais retrouvé dans une autre salle, j'avais vu un autre film. Un film forcément moins intéressant que celui qu'elle était en train de regarder elle, puisque la jurisprudence des fous proclame capitale des lieux de la terre, de tout l'univers, l'endroit où se trouve celle qu'ils aiment. Dans la queue, mon cœur battait à s'évanouir, je suais. C'est que mon film à moi était ailleurs, dans la contemplation sournoise et muette d'une actrice anonyme, mais qui, dans ma vie, tenait le premier rôle.

Une fois dans la salle, le suspense était à son comble. Il s'agissait de repérer sa silhouette au milieu des ombres puis de trouver une place suffisamment éloignée pour dissimuler mon manège, mais assez proche d'elle pour que je pusse la contempler, rire où elle riait, soupirer sur ses soupirs, calquer mes émotions sur les siennes. Surtout, le catalogue de ses réactions me renseignait sur elle, sur son intelligence et sa personnalité. Je me souviens avec tristesse d'un film avec Brad Pitt dans lequel Brad Pitt avait passé deux heures à la séduire, et, à voir les traits rebondis, enfantins et repus d'Anissa Corto, semblait avoir parfaitement réussi. Je m'étais senti laid, à la sortie, laid et humilié. Par la suite, quand elle irait voir un Brad Pitt ou un Harrison Ford, j'abandonnerais.

Un jour, je surpris une de ces conversations. C'était au Pathé Wepler. Elle était accompagnée d'une amie que je ne connaissais pas. Elles parlaient d'un type qui semblait être le *mec* de l'amie en question. Et soudain Anissa Corto s'était exclamée « purée ». Cela lui allait très mal. Oui : je me souviendrais toute ma vie de l'irruption dans son vocabulaire de son « purée » moqueur et méchant. Je ne connaissais pas la totalité de son registre lexical, mais je devinais que « purée », bancal, débile sur ses lèvres, n'avait pas l'habitude d'être prononcé dans sa bouche — et en cela, découvert dans la maladresse qui me l'envoyait, il m'apparut dans sa cruelle nouveauté : d'habitude, elle eût de préférence employé « oulala ».

« Purée » charriait l'exotisme inquiétant des choses venues d'ailleurs. Il vint perturber le confort d'un discours qui n'avait pas eu jusqu'à ce jour à s'encombrer de son sens mystérieux ni de sa prononciation barbare, et, injecté au milieu d'autres mots parfaitement familiers qui s'ordonnaient inconsciemment dans la phrase, il sema une zizanie qui l'avait fait bafouiller. C'est ainsi que nous savons qu'une femme nous trompe — quand ses expressions sont entachées de celles des hommes qu'elle côtoie en secret.

Ces irruptions lexicales, nous n'en décelons l'existence que dans la répétition. C'est seulement après plusieurs passages que nous identifions le corps étranger — qui, contrairement au passage des corps célestes, n'est en rien prévisible. Les mots traîtres ne possèdent pas leur fréquence propre. Mais le discours finit toujours par les resservir, un peu comme l'océan, sans périodicité mathématique mais avec une régularité capricieuse, dépose le corps des baleines échouées sur le rivage. De telles irruptions sont la marque d'une contamination — d'une influence qui nous échappe. Je souffrais de ne pouvoir déduire de sa nouveauté qui me contrariait la provenance de « purée » dans sa bouche.

Sans y être réductibles, les êtres sont, dans leur gestuelle ou leur vocable, la compilation inédite d'expressions volées aux autres. Non exactement la somme arithmétique de toutes les manies copiées, mais l'addition anarchique d'un nombre inquantifiable d'influences dont ils finissent par oublier l'origine.

Anissa Corto était une collection désagréable des héritages légués par les amoureux qu'elle avait eus. Telle moue, telle exclamation, telle grossièreté, tel tic de langage qu'elle ressassait à l'envi ou mot savant dont elle blessait le sens trahissaient des pillages distincts dans les étapes de sa vie, mais qui, en elle, mélangeaient leurs époques, leurs genèses, leurs chronologies, confondaient et résumaient en un seul et même être tous leurs initiateurs, un peu comme un plagiaire génial écrirait un roman fait entièrement d'emprunts.

Combien d'amants avait-il fallu pour en arriver à ce résultat ? Cet édifice que j'aimais, ne l'avaient-ils pas construit ensemble, à force de moments de tendresse et de baisers sur la bouche ? Que faisaient-ils, en ce moment, ces passagers clandestins de la fillette que j'aimais, eux dont les signatures successives se superposaient au plus profond d'elle, et dont la griffe était allée sévir ailleurs ?

4

Je lui écrivais des lettres que je n'osais pas lui envoyer. Je concoctais aussi pour elle, sur cassettes, des compilations de mes artistes préférés. Ne posait-elle pas ses lèvres sur mes lèvres quand s'annonçaient, après la fin de « Too Much Heaven » des Bee Gees (1977), les premières mesures de « Où Sont Les Femmes ? » de Patrick Juvet (1978) ? Sur « Hell's Bells » d'AC/DC, tiré de l'album *Back In Black* (1981), j'étais plus conquérant, je la déshabillais, j'usais de ma violence pour lui rendre le plaisir que sa seule vue m'avait procuré.

I'm a rolling thunder pourin' rain
I'm comin' on like a hurricane
Black sensations up and down your spine
If you're into evil you're a friend of mine

J'avais rassemblé, sur une dizaine de cassettes, la bande originale de notre amour. J'avais manqué déposer dans sa boîte aux lettres une de ces cassettes. Mais chaque fois, l'idée que je n'avais peut-être pas réalisé la compilation parfaite me faisait renoncer.

Le choix de « Bubble Star » de Laurent Voulzy (1978) en introduction me paraissait tout à coup ridicule et je décidais de tout recommencer. Une nouvelle compilation venait alors remplacer et

annuler la précédente, qui débutait cette fois par
« Conquistador » de Procol Harum (1972), placé
auparavant en troisième position. Hélas, comme au
jeu du mikado, déplacer une pièce perturbait bien
souvent l'agencement des autres, et ce remaniement
ramenait « Take A Chance On Me » (1978) d'Abba à
la quatrième place et affaiblissait la seconde moitié
de la première face. Et puis, tout bien réfléchi, il
était plus logique de faire monter l'intensité émo-
tionnelle en annonçant « Bubble Star » par un petit
« Looky Looky » de Giorgio Moroder (1969). Mais,
de même qu'un repas où le dessert précéderait
l'entrée serait sinon indigeste, du moins inconve-
nant, je parvenais à me persuader qu'Anissa Corto
eût considéré comme un affront personnel que
Julien Clerc (avec « Berce-moi » par exemple) pût
passer après Giorgio.

Toute la journée, je recommençais ces enregistre-
ments, essayant toutes les combinaisons dans
l'espoir de trouver celle qui fixerait une fois pour
toutes l'émotion maximale, tant dans le choix des
chansons que dans leur agencement. Dès qu'une
cassette était terminée, je l'essayais, je l'écoutais
intégralement.

Si tu savais ce que je jette, tu admirerais ce que je garde.

J'eus, de fait, un de ces sentiments de perfection,
qu'éprouve parfois le poète lorsqu'il trouve le mot
juste ou parvient à exprimer le plus clairement possible une idée après des pages et des pages de
ratures, avec la configuration suivante, résultat de
plusieurs semaines de travail : sur la première face,
« Ring My Bell » d'Anita Ward (1979), « Everybody's
Got To Learn Sometimes » des Korgis (1980),
« Bubble Star » de Laurent Voulzy (c'était vraiment
là qu'elle prenait toute sa dimension), « Looky

Looky » de Giorgio Moroder, « I Was Made For Loving You » de Kiss (1979), « Love Ain't For Keeping » des Who (1971), « Le Sud » de Nino Ferrer (1975), « Love Me Baby » de Sheila B. Devotion (1977) et « I Love You Because » de Michel Polnareff (1973) ; sur la seconde face, « Il A Neigé Sur Yesterday » de Marie Laforêt (1977), « Alabama » de Neil Young (1972), « The Fool » de Gilbert Montagné (1971), « Fais Comme L'Oiseau » de Michel Fugain (1972), « Sister Jane » de Taï Phong (1975), « Manureva » d'Alain Chamfort (1979), « Oh Very Young » de Cat Stevens (1974), « Let's All Chant » du Michael Zagger Band (1978), « La Groupie Du Pianiste » de Michel Berger (1980) et « Les Rois Mages » de Sheila (1971).

Un soir, je déposai dans sa boîte une cassette sobrement intitulée « Compilation 1 ». Tel Huysmans ne relisant jamais ses œuvres celles-ci parues, je renonçai, une fois le bébé abandonné à la providence, à en écouter une copie (j'avais bien trop peur d'y découvrir de nouvelles aberrations). Un seul doute me taraudait : peut-être aurais-je dû n'enregistrer qu'un seul morceau magistral qui l'eût clouée sur place et rendue amoureuse (mais amoureuse de qui ?). La puissance extraordinaire d'« Alabama » de Neil Young, l'acmé de ma compilation, était moins discernable au milieu des autres chansons qui en étouffaient la densité. Par excès, j'avais diminué la pesanteur spécifique d'un chef-d'œuvre par son voisinage avec des morceaux qui ne lui arrivaient pas à la cheville. Pour dire la vérité, je ne suis pas sûr qu'« Alabama » fût aussi génial que cela. Mais du moins y était enfermée une période de ma vie qu'il avait contaminée.

De mon geste, j'attendais une réponse, ce qui était absurde. Je ne me sentais pas plus avancé. C'était même pire qu'avant : elle établirait forcément un lien, quand j'irais l'aborder, entre la cassette et ma démarche de séduction. Je passerais alors pour un névropathe, un maniaque, un type qui la suivait. Je serais immédiatement, forcément, logiquement, l'auteur de la cassette. J'appartiendrais, aussitôt, à la race de ces hommes qui se renseignent pour séduire, ont des réseaux, établissent des plans, fomentent. J'étais grillé auprès de la femme de ma vie avant même de l'avoir vraiment rencontrée. J'avais passé sur terre tout ce temps en pure perte.

5

Peu à peu, à la manière d'un navire qui prend l'eau, l'appartement s'était totalement vidé de la substance d'Anissa Corto. Il s'emplissait sans cesse un peu plus de moi ; il commençait à épouser ma vie. J'avais contaminé cet espace de mon existence qui venait tout souiller. J'étais de moins en moins chez elle et de plus en plus chez moi. Les ombres de la femme de ma vie fuyaient sur mon passage ; je chassais son passé à chaque pas quand j'eusse voulu l'étreindre. Celui-ci n'était plus protégé par les murs ; chaque jour, je le recouvrais d'une couche nouvelle de mon existence fraîche, je badigeonnais les vestiges précieux du séjour d'Anissa Corto. Son fantôme avait fini par se taire ; je n'entendais plus sa respiration. L'air était lourd, inerte. Les ambiances étaient devenues horribles. Tout ici regrettait son pas, l'écho des rires, le reflet d'une beauté. Quand je montais les trois étages, c'était pour revivre sa fatigue ; si je me penchais par la fenêtre, c'était pour retrouver son vertige.

Surtout, je comprenais que la vraie vie d'Anissa Corto continuait ailleurs, que celle qui flottait dans les colorations grises, blanches, beiges, de l'appartement de la cité Henri-Barbusse n'était plus valable. L'endroit que j'occupais était périmé. Je pensais à ces sapins lumineux des jours de Noël qui après avoir servi avec douceur le bonheur familial se retrouvent décharnés sur les trottoirs sales des villes aux premiers jours de janvier. Comment comparer ce silence dramatique au mouvement de l'Anissa Corto qui s'agitait dans d'autres pièces, se couchait dans une autre chambre ?

Je possédais une part de son passé, mais son présent continuait de se dérouler à chaque seconde. Sa vie prenait de l'avance. Elle déployait son flot d'activités secrètes, de faits innombrables, d'interrogations nouvelles. Anissa Corto fuyait de partout ; laissant mourir à mon chevet les quelques années qu'elle avait vécues ici, elle se prolongeait sans cesse dans un univers neuf, différent du mausolée dont j'étais le gardien humilié. Elle jaillissait. Comme j'aurais aimé qu'elle vive au ralenti, le temps pour moi d'épouser son tempo, de suivre sa cadence.

J'étais emprisonné dans une époque de sa vie et j'eus peur, soudain, de ne pas pouvoir m'en échapper. Mon palais convoité, à y regarder de près, était un trois-pièces mal éclairé au parquet délavé. Des molécules qu'elle avait croisées dans l'air, il ne devait plus rester une seule à présent. Il n'y avait plus que mon pauvre dioxyde de carbone à moi, et de l'oxygène destiné à ma seule consommation. C'était un peu déprimant.

Je me plaisais plus dans le studio que j'occupais précédemment, mais je mis du temps à me l'avouer. Ici, le bruit incessant des voisins m'empêchait de dormir. Je passais des nuits éveillé, planté là dans mon adoration stérile, comme un dément. J'avais cherché la volupté : j'habitais dans une larme. Il faisait froid. Il faisait seul.

Ma journée de canard achevée, je rentrais ; c'était l'heure des courses ; nous les faisions ensemble, ma chérie et moi. C'est chez Leader Price que j'entendis sonner son téléphone portable pour la première fois et c'était la première fois qu'Anissa Corto pro-

voqua en moi un sentiment de jalousie « justifié ».
Je fus frappé par la foudre. Quelqu'un avait donc le
pouvoir de faire sonner son corps. Un être tout-puissant pouvait surgir à tout moment de la poche
d'Anissa Corto à la manière de ces génies qui se
libèrent en un éclair d'une lampe à pétrole ou de ces
diablotins de farces et attrapes bondissant hors de
leur boîte dans un rire mécanique.

Je compris alors que la solitude de sa vie n'était
qu'apparente ; sa liberté, relative ; l'obsession du
mec revenait. Reliée à un réseau d'êtres humains,
d'amitiés, peut-être d'amours dont j'avais arbitrai-
rement chassé le spectre afin que ma lâcheté ne vînt
s'encombrer d'un prétexte supplémentaire, Anissa
Corto menait en dehors de moi une vie qui n'appartenait qu'à elle. L'évidence exprimée dans cette dernière phrase m'était une découverte à la fois importante et désespérante. Cette vie-là, cette part secrète
de ses jours et de ses nuits que le travail de mon
imagination ne parvenait plus à construire sans
retomber, comme une bille qu'on fait rouler sur un
sol en pente se précipite à chaque fois vers la même
encoignure, dans des hypothèses déjà échafaudées,
des situations déjà connues, quelqu'un venait d'y
faire irruption. J'affrontai une situation inédite pour
moi puisque nous formions désormais un trio : elle,
moi, un inconnu.

Ainsi, je n'étais pas le seul au monde à m'intéresser à elle. Le fait d'ailleurs qu'elle possédât un téléphone portable signifiait qu'elle attendait toujours
plus ou moins qu'on l'appelât. Un autre homme
avait non seulement le pouvoir de la déranger, mais
l'autorisation. Un intrus était habilité à déchirer
tous les silences, à casser toutes les ambiances, à
s'affranchir de tous les obstacles comme une onde
tous les milieux à travers lesquels elle se propage,
pour échanger des banalités avec une femme auprès
de laquelle tous les discours me paraissaient
indignes. Cet autre-là (son *mec* ?) pouvait d'une

seconde à l'autre, par sa seule volonté et n'ayant qu'à jouer des doigts sur un cadran, atterrir sur le balcon d'Anissa Corto, fracasser la porte de sa salle de bains, se téléporter sous ses draps froissés aux senteurs de jasmin, jaillir d'une poche de son manteau, de son sac à main ou de la boîte à gants de sa voiture, bref : la surprendre en flagrant délit d'existence.

Téléphonait-il de New York ? De São Paulo ? Appelait-il d'un bateau pris dans les flots d'une mer fâchée ? Venue de l'autre bout du globe, sa voix avait peut-être survolé les Appalaches, caressé les plaines neigeuses de Chine, glissé sur la surface des océans ou roulé contre les vents d'une taïga. Ce parasite venait de pénétrer par surprise entre des packs d'eau d'Evian et des boîtes de raviolis, au milieu d'un supermarché du XVIIIe arrondissement. Il venait accaparer un peu de mon espace vital. Il tenait dans la main d'Anissa Corto. Aérien, léger, pratique, il n'était ni tout à fait un corps ni tout à fait une voix, mais la résultante parfaitement moderne des deux, situé à mi-distance entre la présence et l'absence.

Quant à moi, je n'étais plus que ce que je n'avais jamais cessé d'être : une poussière et une ombre, un regard en marge d'une vie indispensable à ma vie. J'essayais des visages à la voix qui lui parlait. Inlassablement ma vision débouchait sur la figure ressassée d'un homme plus séduisant que moi. Son image décontractée se cabrait dans mon esprit. Je guettais l'expression salvatrice qui, comme des pores se dilatent, eût laissé échapper de l'échange que c'était une femme qui téléphonait. Une lueur se prolongeait dans le regard d'Anissa Corto qui trahissait le contraire. Cet appel avait vraiment l'air de lui faire plaisir. J'observais son sourire, comme une bulle de mots tendre en attente d'explosion, se frotter contre le combiné.

De là où j'étais, j'apercevais sur son visage incliné des reflets plus roses, des exclamations muettes qui coloraient sa peau. A sa manière de plisser les yeux, de remuer la ligne mauve de ses lèvres ou de dresser son sourcil, je voyais grandir son appétit de l'autre. Tel un afflux croissant d'énergie, cet autre s'insinuait de plus en plus confortablement en elle, était devenu une part d'elle-même à laquelle elle n'eût renoncé pour rien au monde, puisqu'elle avait abandonné son chariot dans un rayon sans même s'en apercevoir. Il était le charmeur hindou, elle était le crotale hypnotisé calquant sa danse automatique sur le mouvement de la flûte. Le corps cerné par cette voix, elle errait, comme soûle, au milieu des rayons. Il avait réussi ce tour de force de l'amener à lui, de ne laisser dans la supérette que des restes d'Anissa Corto (son parfum en promenade, sa silhouette évasive, un caddie presque vide).

Ce quelqu'un, informe, insidieux et tout-puissant, était venu, sans crier gare, ainsi qu'un impassible brodequin anéantissant en toute insouciance le destin d'un couple d'insectes qu'il piétine, briser l'harmonie qui s'était installée entre Anissa Corto et moi. J'avais un adversaire.

Je ne regrettais pas d'avoir attendu pour l'aborder : il faudrait désormais intégrer ces variables dans l'équation de mon amour. Un nouvel équilibre se substituerait bientôt à l'ancien, comme un autre départ pour mon courage, un défi remis à jour. Le sérum d'un vaccin voyage dans le corps, le perturbe, puis l'installe dans un état neuf. Je digérais l'information en actualisant mon Anissa Corto. Je corrigeais les données.

Une simple extension de moi-même, de mon élan primitif suffirait, de la même manière qu'on ajoute aux ordinateurs des kilo-octets de mémoire supplémentaires. Je la regardais s'oublier au milieu de ses propres rires ; j'en recevais les éclats, qui laissaient des larmes sur mes joues. Tout dans cet échange impromptu signalait la négation de mon amour. Je faillis tout laisser tomber, imaginant l'homme de sa vie au bout du fil, un homme de sa vie qui n'était pas moi.

Que pouvait-il bien lui raconter ? La conversation n'en finissait plus. Dans les asymétries qu'offraient les traits d'Anissa Corto à mesure que cette voix la séduisait, la flattait, l'étonnait ou, lors de brefs instants, semblait la laisser indifférente (et alors sa figure revenait au repos), j'essayais de lire les propos que le lascar lui tenait. Hélas, on ne déduit pas le jour de la nuit et c'est une masse opaque, indéchiffrable qui s'offrait à moi, une épaisseur refusant tout forage. Dès que le regard s'extirpait d'une excessive uniformité, qu'il s'isolait tel un point lumineux de la matière homogène du visage, je savais que l'ennemi faisait mouche, qu'il marquait des points et, telle une balle traçante, s'incrustait plus encore dans la chair de sa victime.

Les réactions d'Anissa Corto révélaient chez son mystérieux interlocuteur une spécialisation diabolique dans l'art de séduire : les déambulations aléatoires et mécaniques d'Anissa Corto n'obéissaient qu'aux intonations de cette voix surgie de nulle part. J'avais envie de venir la bousculer, de lui arracher le combiné et de me mettre à pleurer devant elle. Je pensais à la confrérie formée par tous ceux qui possédaient son numéro de portable. A combien de personnes avait-elle bien pu le donner ? Tout le monde n'est pas digne de mériter qu'on lui cède un numéro de portable : cela suppose un certain degré de connaissance.

Je laissais ma jalousie suivre sa pente naturelle ; je me livrais à un calcul élémentaire : sachant que tous les numéros commencent par 06 suivi de 8 chiffres, il y avait très exactement cent millions de combinaisons possibles. Certes, je me tenais à trois mètres d'elle à peine, j'aurais pu l'interpeller ; cela eût pris une seconde : mais l'appeler sur son portable relevait de l'impossible ; j'étais d'un seul coup catapulté à des années-lumière d'Anissa Corto ; à une chance sur cent millions d'Anissa Corto.

Un autre que moi, sans doute un *mec*, possédait ce trésor : dix chiffres agencés de telle manière qu'il débouchait magiquement sur un « allô ? » prononcé par Anissa Corto. Ce trésor, trois siècles d'une vie humaine vouée à cette seule tâche n'eussent pas permis de l'obtenir.

6

Mes journées passaient. Chacune d'entre elles était décomptée de la durée totale de mon séjour sur terre et je n'avais toujours pas fait l'amour à Anissa Corto autrement que seul. Sous Donald, je supportais les ruades de gosses. Je croyais la voir partout. Par un samedi après-midi ensoleillé, j'aperçus une chevelure noire aux reflets violets, de dos.

Le hasard voulut qu'elle fût là, précisément à Disneyland Paris : au milieu de milliers de Chinois, de Tchèques, de Néo-Zélandais et d'Australiens, son visage se détacha soudain du kaléidoscope des figures bourdonnantes et, arraché de cette gangue d'anonymes en grouillance, comme l'étoile polaire s'offre au berger dans sa familiarité tenace au milieu d'une pluie de comètes, il captiva mon attention comme un curseur programmé achève sa course aléatoire sur une fréquence radio reconnue.

C'était bien Anissa Corto, qui, portée par les vagues de la foule, avançait, piétinait, roulait, virevoltait, s'éclipsait, ondulait, se faisait bousculer. Que venait-elle faire ici ? Une main agrippa la hanche de la femme que j'aimais, chercha son épaule, passa dans ses cheveux, prit sa main. Si Feydeau renouvela non sans génie le mythe de l'amant dissimulé dans le placard pour éviter le mari, Disney était en train d'inventer une forme inédite du vaudeville :

celle de l'amoureux déçu dissimulé dans le canard pour observer l'amant. Elle était avec *son mec*.

C'était un type d'une trentaine d'années, vêtu d'un treillis un peu crasseux qui tombait sur des rangers tachées de peinture blanche. Il portait un tee-shirt de Björk ; sa tête rasée était coiffée d'un béret orné d'une broche métallique supportant deux étoiles d'or.

Isolé dans ma matière Duck, je manquai, à l'instar du mulot Bernard, de m'évanouir ; colérique, mon personnage l'était déjà : je n'avais plus qu'à devenir fou. Mes tempes martelaient un rythme dans lequel je reconnus les pulsions du crime. Je n'étais plus qu'un canard au sang. Et ce *mec*, qui souriait à Anissa Corto, l'enlaçait, l'embrassait à quelques mètres, à quelques centimètres de moi.

On parle des larmes de crocodile ; on oublie qu'il existe des larmes de canard : Anissa Corto avait l'air heureuse. Pire : amoureuse. Le royaume enchanté de Disney était devenu, en quelques secondes, l'Enfer de Dante. Des tonnes de chair en translation pantelante hurlaient. Les entités humaines suaient, buvaient, poussaient, riaient. Ce *mec*, propre et fier et rassurant, m'avait volé toute ma vie. Quant à Donald, caractère plus infaillible et moins rassurant, il désignait la puissante camisole de laquelle je ne pouvais en aucun cas m'extraire — ni pour hurler, ni pour me battre, ni même pour réagir autrement qu'en acceptant, sous le masque qui cachait le volcan, les brutalités de l'évidence. Humilié depuis ma cachette, il me fallait continuer de gambader béret au vent, avec ce sourire cousu sur le bec semblable à la gravité imperturbable qu'affiche le regard de pierre des statues quand on leur pisse dessus.

— Regarde, ma chérie, c'est ce con de Donald...

— C'est vrai qu'il a l'air grave.

— Mets-toi à côté de lui, je vais vous prendre en photo.

Je tins Anissa Corto dans mes bras. Il fallait que
le plus beau moment de ma vie coïncidât avec le
pire. J'avais des bouffées de bonheur, aussitôt annu-
lées par des cascades de chagrin. Son corps longi-
ligne, brun, chaud, magnifique, collé contre moi ; et,
face à nous, le *mec* qui dans le noir l'embrassait
entre les cuisses.

Je ne parvenais pas à m'inscrire complètement
dans la réalité. Parce qu'elle était en même temps
trop magique et trop atroce. Mes espoirs se réali-
saient au moment même où étaient anéantis mes
rêves. Anissa Corto avait un *mec*. Un *mec* qui me
photographiait avec elle. C'était ce que je craignais
le plus au monde ; et c'était avéré : Anissa Corto
avait un *mec*. *Anissa Corto me trompait.*

L'amour préfère habituellement procéder en plusieurs étapes qui sont autant de strates dans l'intensité d'une douleur qui ne veut jamais en finir tout à
fait (un peu comme mes amis canards, qui, décapi-
tés, se montrent plus têtus que la vie en courant de
plus belle). D'après le schéma classique, nous apprenons d'abord qu'il y a un *mec* (terme générique ser-
vant de tiroir où nos fantasmes de victime rangent
l'ensemble des qualités que nous prêtons à celui qui,
nous remplaçant dans le cœur d'une si monumen-
tale Anissa Corto, ne peut être qu'un dieu) ; cette
information nous tue, mais ce n'est qu'en apparence
qu'elle épuise notre potentiel de souffrance, qui va
se découvrir de nouvelles plages quand nous sera
dévoilé le prénom de ce *mec* (comme si ce degré
moindre d'anonymat le rendait plus réel, et par là
plus coupable encore à nos yeux).

Alors que nous aurions pu tout connaître en une
seule fois de la relation entre notre rival et celle que
nous n'avons jamais cessé d'aimer et qui s'est enfuie,
chaque information inédite charrie un supplément
de douleur qui ne se contente pas de s'additionner

de manière arithmétique à l'ensemble des peines
déjà éprouvées (comme l'as de carreau vient
conclure un château de cartes) mais reprend cet
ensemble à zéro sous une lumière nouvelle (c'est
alors une tour Eiffel en allumettes qu'il s'agit d'édifier).

La physique de l'amour nous enseigne que la souffrance ne se capitalise pas ; souffrir, c'est recommencer à souffrir. Dans la torture est contenue la
perspective d'avoir à repasser par tous les stades de
cette torture. De même que la houle éternelle du
large ne sait que se ressasser, la houle amoureuse
tire son martyre de sa répétition. Il n'existe pas
d'hystérésis de l'affliction : aucune part de nous-
mêmes ne s'immunise contre la souffrance par la
mémoire du calvaire précédent ; nulle accoutumance ne réduit l'intensité de la rupture lorsque
celle-ci surgit. Les épreuves passées nous abîment
en pure perte. Chaque nouveauté, fût-elle insignifiante, nous détruit, non comme la partie d'un tout,
mais comme ce tout lui-même.

Le seul bourreau, c'est nous-même : sans cesse
mieux renseignée, notre jalousie puisera sans tarder
son carburant dans l'accessoire et l'infime. Si, dans
les premiers temps, ce sont les révélations macrosco-
piques (existence, nom, prénom, profession de notre
successeur) qui nous anéantissent, notre maso-
chisme s'épanouira dans les indiscrétions quantiques
(habitudes matinales, goûts culinaires, passion pour
le football du quidam). Gourmande de supplices
neufs, la matière amoureuse cherche sa nourriture
dans l'anecdote. Plus la rupture avance dans l'irréversibilité, plus s'accroît la disproportion entre la cause
du désespoir et son effet.

Au milieu de la multitude beuglante, je suivais le
couple à la trace mais des corps humains obs-
truaient par intermittence mon champ de vision. Ils

s'embrassaient ; ils se tenaient la main. Ils s'amusaient ; ils discutaient. De quoi ? Je tentais de capter des bribes de conversation. Des morveux parasitaires me sollicitaient de toute part et leurs cris couvraient les propos d'Anissa Corto et de son *mec*. J'essayais de marcher à leurs côtés, mais je rencontrais des obstacles massifs et butés, méchants, qui, d'une rigidité de roc, m'empêchaient d'entrer dans la zone d'intelligibilité de leur papotage. Il m'était insupportable que des pans entiers du dialogue me restassent interdits. Montait en moi cette frustration des amateurs d'opéra qui, fauchés et pourtant plus passionnés par le spectacle que n'importe quel privilégié du balcon ou de l'orchestre, doivent se contenter d'une place debout derrière un pilier.

Les paroles d'Anissa Corto, ses déclarations d'amour adressées à son *mec*, étaient pour moi autant de trésors qui s'évaporaient dans les airs, s'y perdant pour toujours. Je ne pouvais rien faire pour empêcher ce gâchis. La cohue dressait un mur entre le couple et moi et les ondes sonores ne me parvenaient qu'émoussées, affaiblies, ramollies. Quelquefois, lâchées avec plus d'expressivité, de véhémence, les phrases m'éclaboussaient de plein fouet, mais elles se retiraient aussitôt, et c'était de nouveau un flux et reflux d'écume qui se dissipait dans la brume, sans qu'aucune goutte ou presque parvînt à m'atteindre.

Lire sur ses lèvres eût été une solution intermédiaire. Mais le nombre de visiteurs ne cessait de croître dans le parc, ne les laissant plus m'apparaître que dans les interstices minuscules qui se formaient l'espace de quelques secondes. Les morceaux d'Anissa que je recevais au visage me livraient sur elle des informations volatiles ; je tâchais d'en tirer le maximum. C'est elle qui venait à moi, ainsi, par à-coups, désordonnée dans son dévoilement, au milieu d'un paysage touffu, et me donnait sans le savoir de l'inquiétude, de la souffrance et des envies de mourir. Il arrivait que je la surprisse en flagrant délit de n'être pas tout à fait elle, c'est-à-dire ne coïncidant ni avec l'éclat précédent, ni avec le modèle plus général qui s'était plus durablement dessiné dans ma tête.

Elle portait une jupe courte, ce qui était rare chez elle, et, dans la position assise, lui faisait des cuisses exagérément grosses. Ces cuisses grossies, par exemple, je n'avais jamais eu l'idée de les imaginer puisque dans mes représentations solitaires, déductives et théoriques, elles ne m'étaient jamais apparues que comme fines et longues. Et puis voilà que, bougeant à peine, dégageant imperceptiblement son genou pour ne pas gêner, elle lâchait d'elle une autre manière de cuisses, des cuisses inédites et moins dodues que les premières, oui, voilà qu'elle était différemment cuissue encore. Et elle riait comme jamais je ne l'avais vue rire, elle regardait son *mec* avec des yeux que je ne lui avait jamais connus — ils semblaient vidés soudain de toute méchanceté, et Anissa Corto elle-même m'était rendue dans son accessibilité, elle avait l'air « facile ».

Jusque-là, je n'avais jamais envisagé les femmes que comme une multitude à séduire, un amas infiniment renouvelable de bustes et de visages, incessant et épuisant de nouveauté. Le monde était un supermarché où l'on faisait ses provisions d'amoureuses. Dès que je tombais sur une beauté, j'en changeais aussitôt, une concurrente de dernière minute me faisant corriger ce que je croyais deux secondes plus tôt encore être « mon genre ». J'étais dans l'actualisation permanente, frénétique, du désir. J'aurais donné toute ma vie à la première brune magnifique croisée, mais voilà qu'à peine installée en moi la certitude qu'elle serait la mère de mes enfants, je l'abandonnais à son destin misérable pour une blonde surgie de nulle part.

Il était soudain évident que ma femme serait blonde. Evident jusqu'à ce qu'une rousse aux grands yeux clairs et aux pommettes saillantes suscitât de ma part les critiques les plus vives envers les blondasses. Telle était ma façon d'aimer : aimer sans cesse et n'aimer jamais, aimer immédiatement des visages que je perdais pour toujours dans la foule.

J'avais à la disposition de chaque anonyme une grande histoire d'amour à proposer, la plus grande histoire d'amour de tous les temps. Attiré à l'infini par la plus offrante, c'est-à-dire la plus belle, ou la plus excitante, ou celle qui me paraissait la plus intelligente, je passais de possibilité de femme en possibilité de femme. Voulant posséder toutes les femmes de l'univers, je n'en fréquentais aucune. Et quand bien même aurais-je épuisé toutes les filles de la terre, il m'eût fallu, pour être en paix, vérifier qu'il n'y avait bien aucune espèce en vie sur Mars, puis plus loin encore par-delà la Voie lactée.

Je n'allais pas très loin dans le courage. Celles que je suivais, je ne me promettais de les aborder que lorsqu'une impossibilité de le faire s'était clairement manifestée (et alors, je faisais semblant de pester, me mentant à moi-même, sur la méchanceté des choses). Dès que ma proie, au contraire, se révélait parfaitement abordable, je changeais d'avis, heureux d'être enfin libéré de la contrainte que je m'étais imposée. Je me délivrais avec grand bonheur des fardeaux que je m'infligeais. J'avais besoin d'avoir peur, d'*éprouver*. Alors, mes promenades se devaient de tourner à l'aventure, et d'un foulard de femme flottant à son cou dans le vent d'automne, je faisais l'enjeu de toute ma vie.

L'onanisme me permettait toutes les combinaisons possibles entre les femmes que j'avais croisées dans la journée, plaçant la tête de celle-ci sur les épaules de celle-là — dont j'avais adoré la poitrine :

je faisais l'amour à des compilations. Souvent, leurs figures se succédaient à toute vitesse, ou se mélangeaient, devenaient tour à tour très nettes et très floues, disparaissaient quelques jours, puis se rappelaient incidemment à mon souvenir.

Mes sensations, pour être fortes, avaient besoin d'attribuer à ces idées de femmes à qui je faisais l'amour des réalités particulières empruntées à mon expérience personnelle. Je greffais des comportements vicieux sur des têtes d'anges, plaçais des paroles crues prononcées par d'anciennes maîtresses dans les bouches les plus innocentes. Il en allait dans la mise en scène de mes plaisirs solitaires comme dans ces films de Pasolini où le cinéaste s'est amusé à intervertir les voix des acteurs au doublage, attribuant la voix du gros au petit, le timbre de la princesse à celui du trumeau.

Je me dispersais parmi des faisceaux de femmes qui se transformaient sur mon passage en corps nus. Mais à présent, une seule bulle remontait à la surface de cette mer de hanches, de seins, de fesses et de cuisses : le visage d'Anissa Corto qui refusait de mourir et préférait croupir au fond de ma volonté, relégué dans le cachot très encombré des désirs sans suite, que de disparaître à jamais du champ de mon amour.

L'incessant reflux de toutes ces femmes voulues ne déposait plus que l'image d'Anissa Corto sur le rivage. Celle-ci, peu à peu, avait cessé d'incarner la femme pour n'être plus qu'une femme, la mienne, mais dont la beauté semblait accrue par l'appétit que j'avais eu pour la totalité des autres. Je ne voulais plus me dissoudre dans le nombre des belles parce que Anissa Corto, qui incarnait l'idée de la beauté, les contenait toutes et les transcendait.

7

Je suffoquais de chagrin dans Donald ; je subissais les interférences de tous ces gens en trop, hors sujet, superflus, qui polluaient de leur existence un petit instant de vie quotidienne en compagnie d'Anissa Corto et de son *mec*. Ils faisaient la queue pour le *space mountain*. Heureux, oui, ils étaient *heureux*.

Il est sur terre deux sortes d'êtres : ceux qui se félicitent d'exister et ceux qui donneraient tout pour raturer leur naissance. Les premiers, issus d'une enfance ensoleillée, n'ont qu'à reproduire suivant les pointillés le canevas des jours anciens. Les autres, qui n'ont rien d'autre à répéter que ce qu'on leur a infligé, n'ont que le choix de souffrir toujours plus ou de se supprimer. Ils doivent en permanence supporter l'informe individu auquel aucun amour n'est jamais venu donner de visage. Ils cherchent inlassablement en eux un espace vierge où la douleur n'existerait pas, comme une infinie plaine de calme et de paix foulée par nulle violence, nulle injustice. Ils tentent de s'échapper de leurs artères tantôt par l'art, tantôt par la mort. Ce qui est certain, c'est que l'amour, cette voie qui passe par soi pour atteindre l'autre, leur est interdit comme un barrage se dresse contre le fleuve. Ils cherchent à contourner ce mur, et l'amour leur paraît impossible et compliqué.

Regardez les autres : tout va bien, ils sont aimés.

Ils partent le matin au bureau. Sans souci, confiants dans leur amour et surtout dans l'amour qu'on leur porte, ils ne pensent jamais à leur abandon par la femme qui les aime et les attend dans la plus grande des tranquillités, sans bruit. Ils ne souffrent pas à cause de *ça*. Ils n'y pensent jamais. Tout va bien droit, s'écoule avec une fluidité spéciale, faite de jouissances et de moments heureux, et que la souffrance et le doute ne gênent pratiquement pas. Celui qui n'a pas reçu d'amour, étonné que cela existe, doit s'inventer sur mesure, *ex nihilo*, ce monument terrifiant qu'il ne conçoit que dans l'exception et le malentendu.

L'amour non reçu, transformé en amour à donner et comme amplifié avec l'âge et la solitude, sera tôt ou tard lâché dans la nature, à la recherche d'une proie, sous la forme d'un don aveugle et absolu. Cet amour-là libérera son énergie cinétique dans un fracas terrible pour aller se répandre sur la terre entière, dans le métro, dans le bus, sur les trottoirs et dans les boîtes de nuit du globe, se faufilant partout, se glissant dans chaque interstice, revenant par la fenêtre lorsqu'on le mettra à la porte. Il s'agira bien d'un amour têtu, actualisé sans cesse par les prétextes les plus futiles, les situations les plus insignifiantes : mais, du matin au soir et du soir au matin, il lui faudra un réceptacle qui s'appelle toutes les femmes, un exutoire qui se nomme n'importe quelle femme. Il s'agit d'un amour dangereux puisqu'il se donne d'abord sans rien demander en échange, comme ces offres commerciales qui font accroire que, sans verser un franc, nous pouvons du jour au lendemain devenir milliardaire ; il se livre, s'offre, se brade jusqu'à ce qu'une femme le veuille, consente à s'en occuper quelque temps, mais quelque temps seulement car cet amour-là se sait en sursis permanent. Parce qu'il étouffe à tout bout de champ sa proie ainsi qu'une pieuvre détraquée, on cherche bientôt à se débarrasser de lui.

Alors, cet amour-là devient fou, ou plutôt sa folie s'amplifie, se dévoile au grand jour, et l'adjectif « fou » quitte son acception romantique et grandiose pour ne servir qu'un sens, clinique, dans lequel entre de la terreur. Cet amour-là, qui ne renoncera plus, va déployer son aile géante pour tout recouvrir de son ombre, et son processus, déclenché par une broutille, ne trouvera de frein que dans la mort. Déclenché, plus rien ne pourra l'arrêter, ni les menaces, ni les promesses, ni les supplications, ni le constat du mal qu'il fait autour de lui. Car cet amour-là ne s'aime pas, il n'aime que la mise en scène de son propre spectacle. Il aime la virtuosité avec laquelle il détruit tout sur son passage, il aime son génie de l'holocauste, la force de ses improvisations suicidaires, la puissance de son imagination quand il largue ses bombes, met le feu, éventre et viole.

Cet amour-là, sous la pluie, rentrera chez lui. Il se retrouvera seul et démuni. Personne ne voudra plus l'écouter ni lui tendre les bras. Il aura l'air d'un vaincu. Son désir de régner sur le monde tiendra dans une poignée de cendres. Les femmes continueront d'exister sans lui, parallèles à lui, indifférentes, et marcheront dans la rue sans se retourner sur son passage. L'heure de la solitude totale aura sonné. Non une solitude faite de calme et de repos ; une solitude faite pour s'étirer jusque dans la mort, comme un fleuve vient se jeter dans la mer et cesse d'être fleuve.

8

Je perdis le couple de vue ; mes larmes coulaient sous mon costume. Derrière le masque hilare de Donald Duck pleurait un petit paumé célibataire amoureux d'une beurette en couple. Une pression de sa main dans ma main, un regard d'elle adressé à moi seul où eussent brillé toutes les lueurs d'un avenir vainqueur et confiant, et je crois que j'aurais pu renaître de mes pleurs. Elle aurait aboli les hivers. Mais peut-être, au fond, était-elle mieux avec son *mec*, vierge de moi. J'avais dû exagérer. Vivre à ses côtés n'était certainement pas aussi passionnant que je me l'étais figuré. Sa vie n'était-elle pas médiocre ?

Elle voyait toujours les mêmes personnes, fréquentait les mêmes endroits, suivant une arabesque aux variations limitées, retombant périodiquement sur les mêmes motifs comme le doigt sur ces napperons de dentelle où nos grand-mères posent leurs bibelots. J'étais dans le même cas ; nous sommes tous dans ce cas.

Notre quotidien n'est composé que d'un nombre fini de situations possibles, comme autant de figures géométriques dans un espace fermé, dont l'impression de nouveauté ne tient qu'à une configuration, un assemblage différent de ces figures entre elles. Aperçues selon un point de vue inhabituel, une perspective déroutante, elles qui ne font rien qu'épou-

ser la forme de la routine empruntent l'apparence
de la surprise et de l'imprévu. Et même si nous vou-
lions échapper par le voyage, l'évasion, à cette loi
universelle qui transforme notre liberté en habitude
et notre habitude en résignation, nous nous ren-
drions compte qu'on n'emporte jamais que soi-
même au bout du monde, et avec nous cette subor-
dination implicite à des manies indifférente aux
méridiens.

Ma volonté de conquérir Anissa Corto tenait aussi
à ce pari de pouvoir transformer véritablement le
quotidien d'une personne prise au hasard,
puisqu'elle n'était que le prête-nom que s'étaient
choisi mes sentiments pour faire de moi un homme.
Elle n'était que la destination, aveugle et arbitraire,
d'un train lancé dans la nuit. « Anissa Corto » : prétexte générique d'un ensemble d'attitudes et de sensations que j'avais besoin d'activer, de mettre en
branle, à ce moment précis de ma vie. Les palpitations de l'attente, la brume épaisse du doute, la perspective de la douleur et des chagrins, la puissance
de l'espoir qu'on ramène à son cœur comme une
épave au port : voilà ce que j'attendais d'une inconnue aux yeux noirs, *maquée*, à qui j'avais dédié mes
jours.

La situation ne pouvait plus durer. Je craignais
qu'elle ne passât sa vie avec un *mec* à tee-shirt de
Björk. Au « Clignancourt », tandis que je la regardais prendre son petit déjeuner et, pour la première
fois, savais qu'elle avait passé la nuit à faire l'amour,
je décidai de passer à la vitesse supérieure. Il fallait
absolument qu'elle quittât le tocard que j'avais vu la
veille à Disneyland Paris.

J'attendis qu'elle allât aux toilettes pour déposer
sur sa table un petit mot très romantique, composé
jusqu'au petit matin en écoutant Christophe (« Les
Mots Bleus » en boucle) et Daniel Guichard période

« Mon Vieux » (1974). Je n'y faisais aucune allusion
à son *mec*. Je l'avais relue dix fois ; cette missive
était un pur chef-d'œuvre. Il y avait là-dedans du
génie. Je me demandais comment Proust ou Flaubert avaient pu écrire sans connaître Daniel Guichard et Christophe. Aragon, lui, leur contempo-
rain, avait dû les écouter pour avoir la force d'écrire
Blanche ou l'Oubli et *Théâtre, roman*. Lorsqu'elle
revint, Anissa Corto décacheta l'enveloppe, étonnée,
tout en tournant la tête à droite et à gauche pour
tenter d'en découvrir l'auteur. J'arborais un air distant, anonyme et terne. J'eusse voulu raturer le
passé, tout récrire. Ou ne pas la lui donner : les
lettres sont des buvards pour les larmes. Elles ne
regardent pas leur destinataire.

Je sentis m'envahir une panique mêlée de ridicule. Cet impérissable monument de la littérature
française, que j'avais cru offrir en pâture à la beauté
qu'elle méritait, et qui surtout la méritait, voilà
qu'une fois entre ses mains il n'était plus que ce qu'il
n'avait jamais cessé d'être sans que je m'en fusse
jamais aperçu : une petite bluette adolescente et
mièvre sur les tribulations d'un névrosé. Proust et
Flaubert s'étaient mystérieusement envolés. De ma
nuit d'effort, ne restait plus que Daniel Guichard et
Christophe. Ce que Mingus, que j'avais appelé à
trois heures du matin pour lui lire ma lettre, avait
eu l'amitié d'appeler mon « style », je sentais, à
mesure que les yeux noirs de ma déesse maquée par-
couraient les pages de leur justice sans appel, qu'il
me lâchait, qu'il n'était plus solidaire de moi, ainsi
que celui qu'on croit être son meilleur ami nous
abandonne au beau milieu d'une bagarre.

Mon « style » rendait les armes, il avouait tout :
et derrière ses biceps en papier mâché, ses dagues
en carton et son armure d'aluminium qui, de loin,
avaient pu l'assimiler à un preux chevalier jailli du
Roland furieux de l'Arioste, il se tenait nu maintenant, le menton baissé et l'air défait des contrits qui

sont la signature de leur imposture. Mes pépites, passées au crible de son tamis sans faille, s'étaient révélées de gros grains de sable.

/ J'avais conclu ma lettre par un « *Je vous aime* ». Et ce « *Je vous aime* » me semblait à présent ce qu'il y avait de plus ridicule au monde dans ma situation de planqué, de petit amateur sournois. Dans Donald ou dans la vie, j'étais un planqué. Pendant la guerre j'eusse été un planqué. Mon métier n'était que le reflet de ma vie sentimentale. J'étais le meilleur observateur du monde, et le pire des intervenants. Je vivais dissimulé ; personne ne connaissait, ne devinait mon existence. J'étais né costumé. Donald n'était que la suite logique d'un parcours lâche. Les larmes aux yeux, je rentrais, plein de ce « *Je vous aime* » que j'avais déposé dans le café comme un terroriste une bombe.

Je demandais pardon à sa photo, à laquelle je tenais plus qu'à ma vie. C'était un collector. Je l'avais prise un dimanche midi à son insu, aux Puces de Saint-Ouen où j'étais allé chercher des pirates de Frank Zappa.

Anissa Corto, de cette façon, m'appartenait *un peu*. J'étais devenu l'unique propriétaire de ce mouvement-là, de cet instant de sa vie qu'elle avait vécu, qu'elle continuait de vivre pour moi seul. Enclose dans une posture définie, une attitude définitive, elle ornait un petit cadre en bois acheté pour l'occasion dans une droguerie très années soixante située à l'angle de la rue de Clignancourt et de la rue Custine. Dans un geste illimité, fait pour durer toujours et posé sur la commode de ma chambre, une mèche s'était détachée de sa chevelure et rayait son petit front soucieux. Il m'arrivait de prendre des bains sous son regard, des repas sous son patronage.

J'évitais néanmoins que la reproduction ne se substituât à l'original ; je n'abusais pas de ma

relique et, las de la contempler, de lui parler, je rega-
gnais la réalité, cette masse d'où il fallait à chaque
instant l'extirper, ce bruit de la ville et cette contingence lourde auxquels il s'agissait de la soustraire
sans relâche, afin qu'elle se détachât des choses
aussi nettement qu'une lune jaune sur la nuit noire.
Du moins la photo m'apportait-elle cette Anissa
Corto aux événements dérobée, figée dans une pose
où le monde, s'étant arrêté, n'existait plus. Cette
Anissa Corto saisie sur le vif n'était livrée qu'à sa
seule matière, isolée dans son référentiel propre, un
univers à part entière où ne compterait qu'elle et qui
faisait concurrence à l'univers. Il y avait une Anissa
Corto, un peu différente de celle qui descendait faire
ses courses le matin, mais non moins réelle dans un
ailleurs à définir, qui était installée dans l'immuable
expression d'un extrait de mouvement, d'une
seconde volée.

Cette photographie me procurait du plaisir mais
je ne pouvais m'empêcher de penser qu'elle ne faisait que représenter la femme de ma vie à un instant *t*. Comment comparer cet épisode immobile de
l'histoire d'Anissa Corto à ceux, éphémères et
fluides, de sa vraie vie, sa vie de trépidations et de
mouvements qui continuait parallèlement dehors,
dans la réalité ? Comment faire entrer autant
d'espérances dans un petit cadre de bois isolant un
moment mort que dans la fresque sans borne de
l'existence ? C'était l'Anissa Corto de l'incertitude et
du hasard que je réclamais, l'Anissa Corto qui avançait dans le temps, dont je perdais la trace au détour
des heures, des rues, des jours ou des avenues.
J'avais fini par épuiser toute la saveur de la photo.
A son motif miniature enfermé dans ma chambre,
je préférais de nouveau la femme tout en parcelles
disséminées, en morceaux dispersés, sans cesse différente, incapable de se ressembler. Je continuerais

de l'aimer fragmentée, faite de mes lacunes, sculptée par mes suppositions, idéalisée par l'attente. Les lignes pures et continues de la photographie avaient fini par ne m'offrir qu'une seule version d'elle et j'avais l'impression de me retrouver dans la situation d'un astronome qui pointerait chaque nuit sa lunette vers la même étoile sans jamais pouvoir observer la totalité du ciel à l'œil nu. J'avais hâte de retrouver l'Anissa Corto des postures fugaces, en pièces d'existence détachées, celle des jaillissements et des chocs. Je ne réclamais plus que la personne douée d'absence, l'irrégulière et capricieuse apparition, celle qui contrariait le souvenir que j'en conservais, rusait avec le destin, déconcertait mon amour et déjouait mes plans.

Je possédais aussi des échantillons sonores de son existence. J'avais acheté un petit magnétophone qui me permettait de revivre les bruits d'Anissa Corto que j'avais enregistrés à son insu. C'était sa voix au rayon crémerie, son timbre réclamant au boucher des tranches plus fines. La solitude passait mieux avec la femme de ma vie en fond sonore, nous étions un peu deux. Son souffle dormait ainsi auprès de moi, calme, domestique et régulier comme une petite bête apprivoisée. Je ne pouvais, comme son *mec* dont l'existence me plongeait dans des chagrins infinis, toucher son corps, mais, dans cette respiration captive dont j'apprenais le rythme avec patience, je faisais défiler dans ma chambre, allongé sur le lit, quelques instants volés de la journée d'Anissa Corto. C'était sa vie en contrebande que je révisais, fouillant des minutes qu'elle avait déjà oubliées, travaillant, imitant des répliques, des phrases parties en fumée pour elle, mais complétant, pour moi, la grande collection de ses soupirs.

Certes, son regard me manquait. Mais, une fois la lumière éteinte, blotti sous les draps, ses phrases perçaient si bien le silence qu'il me semblait qu'elle était dans la pièce, qu'elle viendrait se coucher près de moi. Ses intonations, gonflées par l'obscurité, nourries par ma folie de la vouloir ici quand même remplissaient bientôt ma nuit, jusqu'à la bercer. Elle me parlait, et en s'adressant au charcutier, à la caissière, c'était à moi qu'elle signifiait ses vérités, confiait une parcelle de son existence, comme on place quelques billets en banque.

En même temps qu'elle, c'étaient le boucher, le charcutier et la caissière qui occupaient un peu mon lit, prenaient de la place. Je parvenais vite à n'isoler que sa flûte à elle, à éliminer les intrus comme savent le faire les ingénieurs du son. Son timbre enveloppant, et qui m'envoûtait à la manière de ces contes qu'on lit à voix haute pour que s'endorment les enfants, me protégeait des ombres méchantes des fantômes d'appartement, tous ces spectres perdus dans leur passé, les locataires de jadis, morts entre ces murs, et qui me voulaient peut-être du mal.

J'appris à réaliser, grâce à Mingus, des montages amusants où nous mixions la voix d'Anissa Corto à celle de Neil Young, de Frank Zappa, de Daniel Guichard ou de Roger Daltrey. Parfois, nous ne gardions que des rythmes, des basses, des « lignes sonores » tandis qu'Anissa, en *Sprechgesang*, continuait de vivre sa vie sur ambiance de tube. J'étais l'un des meilleurs spécialistes de la voix d'Anissa Corto, une voix aiguë, un peu nasale, mais lâche en fin de phrase, comme écrasée par la ponctuation finale dans une manière de paresse ensoleillée, chaude, plein sud.

D'Anissa Corto, je fis des raps, des blues, de la house et de la techno. Lors d'une soirée organisée par Mingus, nous jouâmes le sample dit « de la boulangerie ». Anissa, sur fond de basses saturées et d'overdub hyper-rythmé, demandait, après quelques hésitations et un commentaire poli sur la pluie, une baguette « plutôt cuite ». Puis, elle remerciait Mme Kraykowski qui lui demandait si elle ne cherchait pas une femme de ménage. Et Anissa Corto, en boucle sur le remix de Mingus, répondait toujours « non ». A un porteur de tee-shirt de Björk, elle avait dit : « oui ».

Dans le quartier de la mairie du XVIIIᵉ, je croisais de plus en plus souvent Anissa Corto en couple. Je me demandais comment elle avait rencontré son *mec*. Qu'étais-je donc en train de faire à l'instant où il lui avait parlé pour la première fois ? Cet instant avait existé. Il avait eu lieu. La veille, il était encore évitable, improbable, peut-être même impossible. Et puis s'étaient déclenchés des causes, des effets, des détours, des hasards qui n'avaient su converger, dans leurs incessantes improvisations, que vers ces premières paroles échangées. Et puis ils avaient connu leur première nuit d'amour.

Cet événement tant redouté, qui avait réclamé comme tout événement que lui soient dévolus un moment et un lieu, cet événement qu'on se promet de ne jamais avoir à vivre, voilà qu'il s'était bel et bien déroulé sans que j'en pusse être le témoin, ni même l'imaginer. Plus que des Walkyries perdues dans les brumes des montagnes bavaroises, plus que la main de Dieu posée sur la face du désert ou la troupe céleste annonçant la naissance de son fils sous une pluie d'étoiles, imaginer la pénétration d'Anissa Corto par ce mec dépassait toutes les limites de l'entendement humain.

Rien n'est plus malaisé que de demander à nos facultés mentales d'inventer un lieu banal, un moment banal, des circonstances banales — qui sont celles, la plupart du temps, de la rencontre de deux êtres humains. Lorsque nous imaginons, nous imaginons toujours un peu trop, et c'est au détriment, non seulement de ce qui existe vraiment, mais de ce qui pourrait exister. Notre imagination, fût-elle la plus raisonnable, ne fonctionne que par exagération : nous pouvons nous représenter le Paradis, mais il est plus compliqué de décrire un trottoir sur lequel nous n'avons jamais marché.

Or, c'est précisément ce genre de trottoirs, impossibles à emprunter, qui remplit ce monde spécial et interdit dans lequel les amants nous trahissent. Cet univers est invisible. Il nous est inaccessible. Il ne tire sa réalité que de sa clandestinité. De même que l'enfant qui se demande, dans le noir, si ses ours en peluche ne sont pas en train de danser et appuyant sans prévenir sur l'interrupteur pour surprendre leur hypocrite ballet, ne sait s'ils sont restés au repos ou s'ils ont regagné leur place à la vitesse de la lumière, l'homme trompé se console en se persuadant que ce qu'il ne voit pas existe moins que ce qu'il voit.

SIXIÈME PARTIE

Mémorial d'Anissa Corto

1

Sa beauté ne pouvait plus durer sans moi. Je commençais à songer, pour me débarrasser de l'inaccessibilité dans laquelle Anissa Corto n'avait jamais cessé de se complaire, à une forme plus définitive de relation entre elle et moi. Dans la mort elle serait peut-être plus raisonnable. Dans la mort, elle deviendrait cet absolu consentement que sa vie me refusait. Dans la mort, notre amour impossible deviendrait une formalité. Il n'y aurait plus, en face de moi, la femme capricieuse et butée éprise d'un autre, mais la figure assoupie d'une maîtresse dévouée. Elle m'avait refusé des instants, elle m'accorderait l'éternité. Notre passion serait constante dans le corps immobile d'Anissa Corto. Je deviendrais ventriloque ; elle me dirait je t'aime.

J'irais jusqu'à sa pierre offrir des fleurs à son repos, et son repos ne les refuserait pas. Epouse à perpétuité, fidèle à jamais sous la noirceur des terres, Anissa Corto dormirait dans le silence de ses noces. La glaise gêne les tentations. Infiniment localisable, elle ne me quitterait pas. Femme au foyer en sa dernière demeure.

Déguisé en Donald, je surgis dans son appartement par un week-end de juillet où je savais que son *mec* s'était absenté. J'avais sonné. C'est elle qui m'avait ouvert, sans méfiance. Pour la première fois de notre vie à tous les deux, nous échangeâmes quelques mots ; ils furent brefs. Donald Duck lui avoua qu'elle était la femme de sa vie. Elle prononça très vite le mot de « police ». Cela me parut incongru. Quand on dédie sa vie à une femme, ne nous eût-elle rien demandé, rien n'apparaît plus blessant que le mot « police ».

Lui résumer notre grande histoire d'amour eût été trop long. Comment lui prouver sa grâce, lui démontrer sa grandeur, lui expliquer notre avenir. Elle cria, puis se tut parce qu'elle vit que j'avais un cutter dans la main. J'allais tuer mon grand amour, non parce qu'il ne voulait pas de moi, mais parce que je n'avais jamais eu le courage de vérifier si elle voudrait de moi. Je n'aurais pas supporté une réponse négative ; mieux valait donc qu'elle emportât le secret de sa réponse dans son tombeau préservé des *mecs* à tee-shirts de Björk.

Elle tenta de se débattre ; je la plaquai contre le sol et mis ma main sur sa bouche. Je n'essayai pas de l'embrasser parce que ce corps n'était pas encore acquis à ma cause, il n'était pas consentant. C'était une passion partagée que je cherchais, que seule sa mort, qui finirait bien avec le temps par la faire changer d'avis, m'apporterait. Je lui demandai si elle avait écouté ma cassette, elle ne comprit pas ma question. J'avais travaillé pour rien sur Voulzy et Michael Zagger Band.

Accrochée au mur de sa chambre, il y avait une photo de moi. C'était la photo prise en compagnie de son *mec* le jour où ils étaient venus visiter Disneyland Paris. Des larmes mouillèrent mes yeux ; elle implora ma pitié et je fis une entaille bien nette dans sa carotide ; elle balbutia, se crispa dans un sursaut de nerf, s'étouffa, prononça quelques mots, des noms que je ne connaissais pas, et la peur dans son regard avait laissé la place à la certitude de la mort. Soudain, ses yeux se figèrent et ce fut terminé.

Son regard était parti ailleurs, où j'allais la retrouver dans vingt ans, en sortant de prison. Je savais que j'allais troquer le costume de Donald contre celui du bagnard ; caché encore, planqué, dans une cellule.

Je ressortis tranquillement de son appartement ; j'étais un canard au sang. Je n'avais pas cherché à m'enfuir. C'est déguisé que j'attendis tranquillement que la police vînt me cueillir, sur le trottoir, en bas de chez elle. Les choses ne traînèrent pas. On m'enleva le masque. Des passants dirent qu'ils m'avaient souvent vu rôder par ici. On me passa les menottes ; j'avais gardé mon costume. Seule ma tête était à l'air libre. Palmé, on me fit entrer dans le fourgon où je sentis, comme la caresse d'un vent doux apporte promesse de bonheur, que ma vie allait pouvoir commencer.

J'étais euphorique, débarrassé de la plus grande difficulté de mon existence ; libéré d'avoir à aimer une femme dont l'existence m'échappait. Tout était redevenu simple. A la liberté compliquée d'une femme trop en vie succédait l'équation évidente d'un amour monolithique. J'allais pouvoir plaquer les émotions que je voudrais sur Anissa. Pour moi, elle n'était d'ailleurs pas vraiment morte ; elle vivait autrement. Elle continuait de vivre là où elle avait toujours vécu : dans mon esprit. Mais là où hier elle menait deux existences parallèles, celle auprès de moi et celle auprès de son *mec*, elle n'appartenait plus aujourd'hui qu'à un seul camp : le mien. J'étais le plus heureux des hommes.

J'avais réussi à faire taire, en moi, l'appréhension maladive du refus ; et c'est le monde entier qui m'apparut alors comme d'une infinie facilité, d'une évidence totale. Rien n'est interdit aux volontés malades, et je remerciai mes névroses de m'avoir porté jusqu'au bout, me hissant sur les sommets, ceux d'où je contemplais désormais Anissa sans avoir à baisser les yeux. Nous étions enfin à égalité. Sa mort égalait ma vie. Enterrée, elle aurait plus de temps pour m'écouter ; elle verrait que j'étais un type bien, cultivé, sensible, dévoué.

Je lui raconterais tout : le début de notre histoire, comment nous nous étions rencontrés. Je lui parlerais de mon enfance, de Neil Young sur une plage en 1972, quand Anne surgissait de ses solos comme un fantôme mouillé par la pluie. Je lui chanterais des chansons de Christophe ; j'évoquerais, rien que pour elle, le passage des Who à la Fête de *L'Humanité* en septembre de 1972 et je lui traduirais en français les paroles de *One Size Fits All* de Frank Zappa. Je lui avouerais que c'était moi qui avais payé ses pâtisseries chez Kraykowski.

J'allais passer vingt ans dans une geôle ; vingt ans ce ne serait rien auprès d'elle. Auprès de nos souvenirs, de nos aventures communes, de notre amour qui n'en ferait plus qu'un. Je ressortirais pour me marier avec elle.

2

Anissa logeait désormais dans un cône de lumière, au ciel. Dans ma cellule de la Santé, nous nous étions aimés passionnément. Ne pouvant la rejoindre qu'à travers le souvenir, je pleurais là où j'eusse dû pleurer de son vivant, je riais là où j'eusse dû rire et n'avais pas ri. Mais l'Anissa qui se formait en moi restait inchangée, c'était toujours la même, avec le même visage, les mêmes cheveux noirs. L'Anissa de ma mémoire manquait de fuite et, immobilisée dans ma tristesse, avait perdu le don de se mouvoir. Il me fallait, pour l'animer, lui rendre sa vitesse naturelle, la replacer dans les décors qu'elle avait traversés, les situations qu'elle avait connues. L'impossibilité de greffer sur son image inerte des attitudes inédites, de la transporter dans des lieux impensables pour la vivante qu'elle fut, de lui transmettre des vibrations neuves qui l'eussent en quelque sorte ressuscitée, m'apportait la preuve implacable qu'elle était morte. Alors, l'euphorie, le bonheur cessèrent et firent place à une profonde tristesse. Une fois encore, j'avais tout gâché. Sa mort avait déçu les espoirs que j'avais placés en elle.

Je ne pus bientôt plus me la rappeler qu'en trichant, c'est-à-dire en faisant revenir sans cesse à moi les mêmes souvenirs nets, rares mais précieux puisque leur inlassable ressassement finissait par me restituer quelques morceaux de la morte fidèles à la vivante. Ainsi Anissa répétait-elle toujours les mêmes phrases dans ma tête, des phrases arrachées à leur contexte confus, mais dont la remémoration précise la ranimait quelques secondes. On ne peut pas remonter de la mort vers la vie, et les gestes, les intentions que nous prêtons aux disparus quand la mémoire les convoque, que la douleur les réclame, nous renseignent davantage sur nous que sur eux. Le deuil, par l'étendue des souffrances neuves qu'il inaugure, nous renseigne d'abord sur notre capacité à nous émouvoir et accorde à notre sensibilité permanente, indépendante du drame, une parcelle au moins égale à celle qu'occupe la miséricorde que nous inspire le défunt. Nos larmes sont un mélange de larmes indépendantes : celles que nous versons sur un tombeau se doublent de celles que nous versons sur nous-mêmes et dont la cause habite ailleurs, non dans ce chagrin circonstancié, délimité, mais dans un chagrin plus vaste, aux frontières incertaines, à la fois plus mobile et plus durable puisqu'il embrasse notre vie tout entière.

L'avenir sépare les amoureux en deux pierres distinctes et pour l'éternité. Qui saura relier leurs sépultures d'un seul coup de crayon, leur redonnant cette intimité dans laquelle ils ne firent qu'un hier, où ils dorment l'un sans l'autre aujourd'hui ? Ils auront donc fini étrangers, exclus de leur propre passion par le pouvoir des automnes sur les corps. Ils s'étaient serré la main, s'étaient promis d'être heureux : en eux qui ne sont plus rien, les minutes et les heures sont devenues des siècles et les passants remuent autour qui s'en moquent.

La mort commence en nous, s'insinue d'abord sous la forme d'une idée, mais c'est elle déjà qui agit : l'idée de la mort n'est que l'apparence première qu'elle revêt pour nous visiter, nous visiter seulement ; elle reviendra déguisée dans d'autres

habits : le malheur, la solitude, l'angoisse, la maladie. Nous y pensons. Parfois, nous appelons cela de
la tristesse, parfois nous appelons cela Anissa Corto.

Ce prénom, ce nom nous rappellent que nous
sommes le jouet des larmes, incapable d'être heureux, de rendre heureux, que nous quitterons la
terre comme nous y avons traîné : dans la désolation perpétuelle et la paresse de vivre. Bien sûr, nous
aurons demandé Anissa Corto en mariage. Nous
aurons été ému ; elle nous aura rendu timide et
offert quelques moments de joie. Cette joie s'est
enfuie, car qu'est-ce qu'Anissa Corto, sinon le visage
qu'on donne à la souffrance et au regret ? Ce que
nous désignons dans la femme aimée, n'est-ce pas
d'abord, sur fond de ciel d'automne et de matins
partagés, l'impression vivace d'un gâchis ?

3

Des êtres que nous avons aimés, la mort ne laisse que les noms. Abandonnés à leur destin, transportés par le vent, les noms s'égrènent, s'accrochent à une parcelle de mémoire comme une anémone emportée par les courants se prend dans un massif de corail, s'arrachent au monde enfin, puis s'évanouissent quand nul ne les prononce plus, que la dernière pensée pour eux a péri à son tour.

Les cimetières sont des jardins de noms. Mourir, c'est devenir son nom, rien que son nom. C'est tenir tout entier dedans. Dans les allées, entre les tombes, les noms n'appartiennent plus à ceux qui les ont vécus, aux existences qui les ont endossés, mais à l'imagination des visiteurs qui s'en emparent. Ils cessent d'être la propriété des proches qui s'en souviennent pour devenir celle des curieux qui les remarquent. Ces derniers, rien qu'en en prononçant les syllabes, les arrachent une dernière fois à l'anonymat éternel qui est une deuxième mort pour les morts. On meurt une première fois en perdant la vie, une seconde en perdant la trace de son nom, effacée par les années sur le marbre.

Seule la gloire résiste à l'érosion. La gloire, c'est lorsque les siècles durent un peu moins que les hommes. L'égalité devant la mort n'existe plus dans la postérité, quand la mort patronymique prend le relais de la mort biologique. Balzac, Céline, Shakespeare sont plus vivants en nous que toutes les vies prêtes à mourir et, dans la compétition absurde que se livrent des fantômes enfermés dans un nom, on ne trouve au calme des cyprès que des pierres tombales abritant des destins uniformes.

L'amour, dans ce dédale parfumé d'œillets et de jasmins, ne discerne plus les vies gâchées de celles qui connurent le bonheur. Les noms ne trahissent pas leurs secrets. Ils se taisent. Sans doute leur consonance nous évoque-t-elle ici une existence calme et ordonnée, là une autre faite d'exotisme et d'aventure ; sans doute trouve-t-on des noms de notaires et des noms de poètes, mais ce ne sont que des noms de notaires et des noms de poètes, ceux-ci ne coïncidant avec ceux-là que dans l'imagination, comme on aimerait croire que Saint-Germain-des-Fossés regorge de fossés ou que les arbres, le ciel et les maisons sont mauves à Huisseau-sur-Mauves. L'idée du chat n'est pas féline.

Quand nous venons visiter un amour mort, que nous nous recueillons sur sa tombe, nous ne faisons que nous agenouiller devant des mots. Derrière eux se cachent à jamais, qui ne veulent plus rien dire, déguisés sous quelques voyelles et consonnes, les nuits de souffrance et d'insomnie, les instants de bonheur et la peur de l'abandon. Que reste-t-il, une fois la vie revêtue d'une chape qui pèse sur la tourbe où sont dissous ses restes, des refrains préférés et des femmes indispensables ? Celle que nous avons aimée, la voici, elle aussi, assimilable tout entière à son nom. La réalité n'a conservé sur elle qu'un unique point de vue : celui de son baptême.

Il est étrange que notre nom nous survive, que nous continuions sous cette forme alphabétique à prolonger dérisoirement ce que nous fûmes. Nos biens, les objets que nous conservions auprès de nous ornent désormais des demeures étrangères et inconnues ; disséminés, ils font la joie des inconnus qui lisent nos livres, y découvrent nos annotations.

Mais notre nom, lui, reste à l'abandon, solitaire, inutile. Il est infiniment disponible et nul n'en veut. Il est l'ancre débile d'un vaisseau fantôme. Lorsque nous écrivions des lettres à la femme de notre vie, nous ne pensions pas en inscrivant son prénom qu'il serait la signature de ses restes, l'identité de sa pierre. Nous sommes de passage dans notre nom.

« Anissa Corto » avait abrité une réalité, la chair adorée d'une vivante. Elle avait quitté cette appellation, s'était soustraite à ce générique comme dans la mue le serpent abandonne sa peau. Alors « Anissa Corto », désertée par la vie, inanimée, restait seule face au silence, tout en syllabes non prononcées, en sonorités vacantes, avec son orthographe immuable, ses lettres figées dans une éternité imbécile et qui ne danseraient plus jamais sur les lèvres des hommes.

Ce nom que nous portons, tôt ou tard, il faudra le rendre. Nous ne le rendrons à personne, nous ne ferons que le déposer sur une terre en friche, un soir. Nous serons couché quelque part et, doucement, nous abandonnerons ce nom qui nous abrita, comme un noyé dérive loin de son embarcation, nous nous dégagerons de sa gangue et pourrons respirer dans la mort, anonyme et nu. Nous serons redevenu un corps approximatif, des os, de la poussière. Nous ressemblerons à toute l'humanité morte avant nous, ne différant des autres que par notre nom. Et toute la fierté ou la honte enserrée en lui finira dans sa prononciation aléatoire, si quelqu'un croise jamais notre tombe et la lit à voix haute.

Que n'enterre-t-on les morts par leur prénom ? Imaginons un cimetière de « Clara », une allée de « Michèle ». En lieu et place des caveaux de famille, il s'agirait alors de célébrer celles, ceux qui partagèrent le même prénom. Mais c'est que cela nous priverait, la Toussaint venue, d'errer parmi les tombes à la recherche d'une Françoise, d'une Yasmina ou d'une Sylvie, de défricher dans la douleur, comme jaillie d'un bouquet de noms de mortes, celui de la femme aimée qui s'appelle encore Anissa et que nous voudrions unique, sans concurrence au royaume des fleurs.

Un jour, peut-être, viendra le temps de la résurrection. Une femme se glissera à nouveau dans le nom et le prénom de celle que nous aimions ; elle enfilera ce déguisement comme le suaire d'un fantôme connu de nous seul, errant depuis si longtemps dans le néant. Quelle durée devra s'écouler avant que naisse une autre Anissa Corto, que se conjuguent, comme jadis, toutes les circonstances et les hasards rendant possible cette conjonction de l'« Anissa » et du « Corto » ?

Seuls les dictionnaires retiennent un peu, en les circonvenant dans une postérité elle-même passagère, quelques êtres exceptionnels dont la chair se confond avec le nom, l'existence avec la biographie. La foule des anonymes est composée de prénoms et de noms qui se mélangent, s'entrelacent, se nouent entre eux, se jouxtent. La masse humaine ne fabrique pas ses semblables qu'en se reproduisant : elle fabrique aussi des noms, des assemblages de mots qui, déjà vus, rebattus, originaux ou inédits, se perdent dans le bruit du nombre, s'effacent devant lui comme des chiffres sur un tableau noir saturé d'équations. Mais quand le nom transporte le visage de l'être aimé, il contamine les homonymes qui, trop différents de l'« original », nous semblent des imposteurs, des voleurs d'identité. Les Anissa se prendraient-elles toutes pour la mienne ? De quel droit ?

Une fois notre amour enfui, il faut apprendre à oublier son nom, accepter qu'un autre que nous puisse le découvrir, s'en émerveiller, le prononcer chaque jour. Le quotidien que nous perdons devient toujours, tôt ou tard, le quotidien d'un autre. Certes, il ne s'agit pas d'un simple passage de témoin et, dans cette transmission d'une femme à notre successeur, nous cédons une part de nous-même. La beauté perdue, perdue pour nous, et que nous lui offrons, n'est pas n'importe laquelle : elle est celle que nous avons contemplée pendant tous ces mois, peut-être toutes ces années, celle que notre regard a sculptée, que notre amour a inventée.

La femme qui part se donne à son nouvel amant, tout entachée de notre vision. Et c'est en lui qu'ira s'évanouir notre dernier regard, s'émousser notre désir qui finira par perdre son objet dans une jalousie faite de remords et de mélancolie. C'est en lui, cet homme qu'elle dit aimer et surgi de nulle part, qu'iront se fondre, comme un trou noir absorbe alentour les ondes et la matière, toutes les années à côté d'elle. Ce sera alors comme s'il n'y avait jamais eu de durée, car ce temps passé, vécu, écoulé se rassemble désormais en un seul point géométrique vers lequel convergent, afin d'y périr, les perspectives d'avenir, les projets élaborés hier. La mobilité de notre amour, sa vitesse dans le temps, au milieu des heures, des jours, des semaines, la voici réductible à une position fixe et définitive qui n'a plus la mémoire de rien. Notre couple est venu mourir dans un autre couple, dans une autre *combinaison* possible de l'amour : un amour avec elle, mais sans moi.

Celui qui nous a subtilisé la femme de notre vie prononcera son nom à notre place, chaque syllabe sera détachée d'une manière différente de la nôtre, où entrera peut-être autant d'amour. Un être est-il « aimable » de la même manière pour tous ? Sécrète-t-il des comportements incontournables, délivre-t-il des obligations auxquelles il est impossible, pour quelque amant que ce soit, de se soustraire ? Le matin, quand l'aube est déjà évaporée et que subsiste, seule suspendue à sa dernière vibration, notre pauvre tristesse, le nom de la femme que

nous avons aimée, que nous aimons toujours,
attend d'être prononcé par le nouvel homme qu'elle
a choisi. Le nom d'une princesse, nous l'exprimons
d'abord par des gestes tendres, un baiser. Puis il
s'annonce plus sûrement à l'orée des lèvres, profi-
tant d'un souffle pour s'échapper, trahir l'intimité
dans laquelle il habite et se complaît, heureux d'être
lâché par qui de droit.

Les femmes se plient tôt ou tard dans la mort.
Elles couchent leur flanc sur un lit de feuilles. C'est
l'automne qui commence. L'humus travaille, combien de ventres déchirent la nuit. Elles habitent au
fond du jardin. La femme fut un appareil perfec-
tionné, une liberté conquise. Voilà que son nez droit
s'offre en protubérance aux gueules minuscules
d'une grouillance. La sculpture grecque se dessine
sous la mousse. Je sais que les herbes la trans-
percent, que ses cheveux sont perdus dans les fleurs.
Nous fûmes amoureux d'elle ; son avenir indiffé-
rent, remué par la vermine, se mêle à ses fragments
dévorés. La femme dure, elle n'en finit pas : son
crâne est en marbre, les mâchoires de la terre le fra-
cassent longtemps. Elles le fissurent à force.
    La nature n'a rien laissé. Les vivants ont aban-
donné la morte à la gloire du souvenir, ils sont repar-
tis. C'est un amour diminué qu'ils ont laissé vissé au
sol. La terre a épousé les vanités, le ciel s'est
refermé ; n'en parlons plus. La vie d'une femme
aimée est brève comme un jour d'hiver. Sa perte est
triste ; on l'oubliera dans la paix qui lui sert d'exil.
    Elle se dissimule, elle est devenue si commune.
Elle est parallèle au ciel désormais. Un peu rigide,
isolée. Il fut doux d'embrasser ses joues. Je
débarque aujourd'hui dans un pays nouveau, une
terre différente sur laquelle elle ne voyagera plus. Il
y aura d'autres lendemains : mais vidés d'elle. Il y
aura des jours mauvais où je l'attendrai pour rien

au milieu d'une pluie. Des vents tourneront encore, nous serons mouillés. Le temps changera, le soleil succédera aux ondées intermittentes. Des circonstances exceptionnelles se présenteront à nous : c'est la vie qui revient. On appelle ça le printemps.

4

La femme est une assemblée d'os qui se repose
Sous la nuit d'un tilleul, d'un cyprès ou d'un saule,
Et nous passons dessus et nous posons des roses,
Comme les marins le pied quand ils arrivent au pôle.

La flamme s'est éteinte, et le corps se pourrit,
Les visiteurs avancent, regardent et puis s'en vont,
Laissant sous terre une fille dont le ver est nourri,
Et se nourrit encore finissant la saison.

En ce flot mouvant qui de la fleur aux racines,
Arrache à ses regards l'expression d'une pierre,
Elle ne sait que bouffé, son visage se termine,
Qu'elle conclut sa vie, comme une autre, au cimetière.

Elle aimait la musique, les garçons et les fraises
Quand elle nageait son dos était de l'eau sculptée ;
Mais à présent flétrie dans sa prison de glaise
Sa jeunesse est bien droite : on a tout oublié.

Débauchée dans sa gangue, et muette en son grain,
Elle danse une danse qui ne danse plus jamais ;
La terre pèse sur son corps et pèsera demain :
Les hommes ont la passion de bien d'autres beautés.

Serrée, abîmée, compressée dessous le monde,
Elle ne fait que se taire au milieu des remords ;

Les lombrics alentour la veulent, la sucent, la sondent
Comme un collier de sangsues porté par la mort.

Du son de ses mots vifs ne restent que des vents,
Du ton de son mépris ne restent que chardons,
Et quand les amoureux s'embrassent avec les dents
Ils ne savent pas la belle emmêlée au limon.

Elle avait fait l'amour, avait connu l'instant
Passager, dangereux, infini, volatil,
Où la chair est ivre de la chair de l'amant
Et la bouche remplie de discours inutiles.

Elle écouta son sang battre contre un sang d'homme,
Le quitta au matin pour un torse plus neuf ;
On multiplie l'amour, les amours on les gomme,
D'un mouvement de menton on fait d'un cœur un veuf.

Combien sont restés, à l'aimer sans avenir,
Tandis qu'elle en riait, apprêtée au hasard,
Pour passer cette nuit à vomir des soupirs
Sur un corps anonyme embrassé dans le noir ?

Les femmes sont passées sur le sable, elles ont marché sur des morceaux de mer. Nous les avions élues sur un sourire, un grain de beauté, une mèche. Elles nous ont laissé sans elles sur la terre. Nous restons seul à espérer un retour, une résurrection. Mais elles persistent dans la mort et nous, dans la tristesse. Nous les fabriquons avec des restes. Nous choisissons une joue, un fragment de menton, l'expression d'un regard, et nous passons la journée avec, concentré sur les parties dont le tout fut amour.

Nul ne sait l'intégralité d'une femme aimée. Nous n'en avons connu que des bribes. Nous avons laissé s'envoler des millions d'instants vitaux, magnifiques de celle qui n'est plus. Combien de matinées furent consommées, dont nous avons perdu la trace, laissé fuir le parfum ? Nous adorons, maintenant qu'il est trop tard, les déjeuners si simples, les séances de cinéma sans histoires et le moindre baiser. Nous passons en revue les gestes intimes, toute chose imperceptible qui tient dans cette main qui serra la main aimée.

Chaque matin, nous prélevons sur nos affaires (comme des grains de poussière sur un col de chemise, un rebord de fenêtre) des dépôts de nos mortes. La nuit a essuyé les souvenirs de la veille pour en charrier de nouveaux que le jour neuf exploi-

tera. Chaque matin, nous avançons un peu plus dans
la morte. On progresse en femmes disparues comme
on progresse en langues. Il est une grammaire des
mortes. Les règles en sont discrètes, et seuls
quelques amoureux, assaillis par le chagrin, en
connaissent les participes, le subjonctif et les exceptions. Dans l'alphabet du songe, quand rien ne distingue plus le sommeil de l'éternité des morts, que
la vie et son contraire s'assemblent dans l'obsession
morbide d'adorer ce qui n'est plus, les lettres qui
reviennent ne sont jamais les mêmes : nous franchis-
sons des étapes dans le souvenir et le désespoir.

Vivants, nous sommes très arrogants. Morts, un
calme froid rabat notre caquet. Nous ne draguons
plus qu'une charogne assoupie dans l'effroi nu des
chardons. Les dancings sont devenus le jardin du
calcaire des mortes. Nos révoltes sont comme le
vent qui regimbe contre le caveau des beautés
conclues.

Les salsas s'éteignent quand on meurt, et disparaissent dans une brume l'altitude des monts bleus,
la douce descente à skis et la violence d'une beauté
qu'on étreint. Ce sont des nuées où tout emporte la
trompette de Miles Davis, le meilleur solo de Neil
Young, un chapitre de Balzac. Les lettres aux
femmes ne sont plus rien, ni la chasse aux lions
dans la poussière jaune des savanes brûlées. Chaque
aube n'est plus rien, n'a jamais été. Nous perdons
d'un coup les tours de périphérique, avec les publi-
cités rouges, ce qui clignote la nuit. Le ventre des
filles n'est plus qu'une hypothèse, le sel ne pique
plus nos yeux, les grillons cachés se taisent. Finis,
les lunes dans les eaux, les filles en sueur, le craque-
ment d'une allumette et l'odeur nouvelle d'un instant fumé.

Les couleurs de midi ne sont plus, ni le sale caractère des déesses, ni le mot « orange », ni l'orange le

fruit, ni l'orange la couleur, ni l'orange le crépuscule. Terminée, la fraîcheur de la presse au matin, dans la cuisine. Abolis : les océans, le jazz, les pins. Les étés, le soleil, les jardins. Les rosiers, leur lumière rouge sur le ciel. Les fougères, les iris. La trépidation et les bruits. Et toutes les Italies du monde. Un morceau de Danemark déguisé par les brumes, et le pain laissé sur la table. La nuit des amants emmêlés s'évapore dans les champs, c'est l'hiver qui décide. A force d'hiver, on finit par mourir. Les saisons font la loi, qui nous passent sur le corps.

6

Anissa Corto est morte. Je songe à sa poussière : un os accroupi sous le tronc d'un cyprès. Dans sa variété minérale, sa statue n'est plus qu'une cendre dans l'automne ; je visite sa tombe. J'ai décidé d'écrire notre histoire. Voici les pages qui lui diront je t'aime en passant, comme on frôlerait la crête d'un mur.

Il faudra dessiner sa danse, compter ses grains de beauté, éduquer son fantôme. Ses reflets, mauves sur un cheveu noir, passeront longtemps par le prisme où se jette la lumière de tout. Je suis l'historien de son élégance désinvolte, le gardien du musée de ses faits et gestes. J'avais décidé de tout savoir sur elle, de dire l'importance de son passage sur terre.

Les poètes, devant mes grandes attitudes
Que j'ai l'air d'emprunter aux plus fiers monuments
Consumeront leurs jours en d'austères études

Vingt ans sans pouvoir aller la voir au cimetière ; je suis sorti à cinquante-deux ans. J'allais consacrer le reste de ma vie à explorer la sienne. Je visiterais son passé, j'éclaircirais son actualité, je me mêlerais de son avenir. J'écrirais sa biographie ; je n'omettrais aucun détail de son existence. Chaque femme qui passe dans la rue mérite son exégète. Nous devrions tous écrire la biographie de ceux ou celles grâce auxquels, soit que nous les aimons, soit qu'ils ont détruit notre vie, l'un n'allant pas sans l'autre, notre existence a eu un sens. C'est pour nous-mêmes, reclus dans l'obsession, la solitude et les larmes, que nous rangeons dans la bibliothèque le tome des amours ratées.

Même hagiographiée, il resterait dans cette femme, morte par ma volonté, un mystère qu'aucun disciple ne saurait jamais peindre. On s'étonnera que les exégètes soient incapables d'accoucher d'une œuvre. Leur manque cette part de paresse récréative, le talent de laisser courir la plume que les écrivains s'octroient pour déjouer leurs propres plans, mettre en péril l'édifice élaboré nuit après nuit. Il faut savoir donner du mou au texte, signer des paragraphes délestés d'enjeu, des chapitres qui ne soient prémédités. Se forme alors une cascade de situations non pensées auparavant, inutiles en regard du dessein initial, mais qui fournissent à l'imagination une matière aussitôt intégrable au sujet traité et, parce que non prévues, lui confèrent une force dans la vérité qu'il n'eût pas atteinte sans cela.

Il faudrait s'imposer de ne pas trop *décrire* Anissa Corto, lâcher la phrase, l'abandonner à son inertie, la laisser m'entraîner. Je ne saurais rien d'elle de *vrai* qui ne le soit à mon insu.

> *Je ne vois plus que cette femme éperdument*
> *Pour dire sa vérité qui mentira toute sa vie*

Dans la nuit qui les dévore comme un cancer, les écrivains dessinent des corps de déesses froides aux cheveux noirs. Non parce que c'est leur métier, car l'écriture n'est pas un métier : ils écrivent parce qu'ils se croient laids. Plus ils se croient laids, mieux ils savent dire qu'une femme est belle. La beauté est l'envers du roman, la muse l'envers du poète.

En prison, j'avais passé vingt années à revivre le passé. Chaque jour, enfermé dans ma cellule, je sélectionnais, entre mille, un épisode de la vie d'Anissa. Et je jouais à reconstruire cet instant. Je le repassais en arrière, au ralenti. Il se déroulait à la vitesse que je voulais. J'exagérais les allures, dopais les faits, leur fabriquais une fraîcheur neuve. Je colorisais le passé. C'était une séquence d'Anissa que je triturais comme le monteur son film. Cette journée du 12 juillet 1996, je l'éprouvais à mon allure, me souvenant de bribes que j'accolerais par des approximations (parfois des inventions), m'arrêtant sur un geste choisi, un sourire trié, ou faisant répéter trois fois à Anissa une phrase qui m'avait plu dans sa bouche et qu'elle n'avait en vérité prononcée qu'une seule fois.

Sur le canevas de son passé, je brodais. C'était une Anissa de synthèse que j'imaginais me dire « je t'aime » alors que dans la réalité, ce « je t'aime » précis, avec cette intonation si particulière, était dit à l'intention de son *mec*. C'est par ce chemin erratique du souvenir que se forment des paysages ni tout à fait réels, ni tout à fait fictifs qui, trempés dans le vécu, ont la saveur de l'inédit. Se souvenir, c'est se tromper : nous revivons la vie en variations infinitésimales qui confèrent à l'être aimé ainsi reconvoqué un parfum nouveau. On pense à Monk, à ses cinquante versions du même morceau, dont certaines ne diffèrent de la précédente que d'un dièse — et cela suffit à les rendre étranges, magnifiques et neuves.

Vingt ans après, mes gestes, mes attitudes s'adressaient encore, et sans cesse, à elle. Je ne pouvais m'empêcher de continuer à vouloir lui plaire. Partout où j'allais, je me comportais en fonction d'elle. Je m'aliénais à son spectre. Je ne la voyais plus, ou seulement dans l'habit funèbre dont elle se parait

pour se balader dans mes insomnies, mais n'avais
de cesse que de susciter chez elle une réaction théorique. Je me sentais observé en permanence. J'espérais toujours la séduire et un je-ne-sais-quoi de reli-
gieux me faisait penser qu'elle finirait, de là-haut,
grâce à de mystérieux réseaux célestes, par être
informée de ma fidélité.

En réagissant par rapport à elle, je tentais de la
ressusciter. Dans le discours, je la choisissais
encore, parfois abusivement, comme référence
inévitable. J'allais même jusqu'à lui prêter des pensées qu'elle n'avait sans doute jamais eues, à citer
des propos qu'elle n'avait pas tenus (et n'eût certainement jamais tenus) pour le simple plaisir de prononcer son nom, de convoquer son être.

Nous étions ensemble. Souvent, je lui attribuais
un mot d'esprit qui n'était pas d'elle : elle faisait rire
mes amis et j'adorais ça. Le mimétisme m'était un
autre recours pour la ranimer en moi. J'imitais ses
attitudes. J'exécutais des gestes qui venaient tout
droit d'elle. J'effectuais des mimiques qui me
seyaient mal, mais lui avaient appartenu. Je greffais
des morceaux d'elle sur mes plaies. Je lui faisais de
la place dans mon être : et mes intonations étaient
les siennes, je jurais et riais et m'étonnais et m'indi-
gnais comme ce que j'avais vu d'elle. J'étais devenu
le meilleur imitateur d'Anissa Corto et faisais per-
durer ainsi sa mémoire. Et moi, lui avais-je seulement légué autre chose que ce silence qui durait ?
J'avais envie de lui faire l'amour.

Dans le lit des humains est pratiqué l'amour ;
Et des lois mécaniques les amènent au bonheur.
Les corps dédiés aux corps comme la proie au vautour
Font mourir sur un drap l'univers dans la sueur.

Trempés du ventre au cheveu dans la chambre noire,
Ils ont penché leur masse sur la masse d'une envie
Que le temps balaiera, espérance accessoire
D'un futur périmé au-delà de la nuit.

Ils se sont rencontrés et vont mourir demain
Au milieu des sentences que leur promet le lierre
Et la ronce effrénée qui grimperont sans fin
Sur les allures défaites d'une étreinte éphémère.

Chacun dans un tombeau et par l'autre oublié,
Quand la noirceur des terres les aura rendus fous,
Que la morsure dernière les aura digérés,
Ils ne sauront plus rien de leurs anciens remous.

Boursouflé de partout, et usé dans sa gloire,
Leur visage ne sera qu'une atroce béance
Que des vermines folles évadées d'un cauchemar
Fouilleront sans arrêt, l'estomac plein de danse.

Il ne restera rien des mots doux et sacrés
Que les amants profèrent si la liqueur jaillit

Dans ces laps ravis au temps qui désormais
Les accompagnera jusqu'aux allées fleuries.

Idiots sous le parterre où pèsent tant de semelles
Les amoureux d'hier ne donnent plus la main
Qu'à des fragments de roches qui sont semblables à celles
Que les enfers annoncent aux damnés en chemin.

Un matin, au cimetière de Montmartre où Anissa était enterrée, je suis venu demander sa main. Le mariage n'est pas une question de bague au doigt, mais de main sur le cœur : inutile de passer par l'église ou la mairie pour devenir mari et femme. Il pleuvait ; je fixais sa croix : nous décidâmes qu'à la huitième goutte glacée qui s'affaisserait sur cette croix, nous serions mariés. Cette goutte en suspens sur la branche d'un pin, voilà qu'elle pesait des années de vie commune ; le vent se leva, elle tomba, nette comme un « oui ».

L'orage redoubla, un éclair cisela le ciel mauve : c'était le coup de foudre. Nous étions trempés, lourds d'une fidélité tombée du ciel. Et derrière les grands arbres qui se penchaient pour nous saluer, aucun prêtre ne se cachait, ni aucun maire. Nous nous trompons en voulant faire du mariage une cérémonie quand il n'est en vérité qu'un instant. Nous en programmons la date, alors que la vérité ne sort jamais que de la bouche du hasard, et que c'est la date, au contraire, qui nous choisit. Nous y convions des amis, là où les sentiments ont besoin qu'aucun vacarme ne couvre le bruissement timide de leur pudique éclosion. Nous nous engageons par des mots, et c'est le silence, celui d'une tombe où l'avenir se repose, que réclament nos regards neufs et nos mains qui se serrent.

Nous pouvons très bien nous marier en nageant, en mangeant, en dormant, en mourant. C'est-à-dire qu'il peut advenir, par une miraculeuse coïncidence, que l'enveloppe bureaucratique enferme une émotion pure, un peu comme si un roman intitulé *Chef-d'œuvre absolu* se révélait être un chef-d'œuvre absolu. Le plus beau des mariages n'est pourtant pas celui qui prélude à une vie : c'est au seuil de notre mort, quand l'amour s'est aguerri à tous les pièges, qu'il s'est essayé aux douleurs et affermi dans la patience et le pardon, lavé de tout ce qui n'est pas lui, devenu en même temps son seul moyen et sa fin unique, que nous pourrons enfin dire « oui ».

La mort d'Anissa avait pris de l'avance sur la mienne ; son « oui » m'attendait ici depuis vingt ans. Tout n'était qu'un « oui » immense et silencieux dans les allées de pierres. Sa photo en médaillon avait l'air heureuse ; je m'étais fait beau. J'étais passé chez le coiffeur. Je sentis que le consentement n'avait pas été arraché à sa mémoire, mais résultait au contraire du pardon que les disparus, apaisés par l'éternité, octroient aux vivants qui ne les oublient pas. J'étais le seul, sur terre, à ne pas l'oublier à ce point-là. Sa mort m'offrait une vie rétrospective avec elle, plus profonde que la première. Je déposais sur sa tombe une alliance ; je passais la même à mon index. Emmitouflé dans un duvet, je dormis cette nuit-là à ses côtés. Notre nuit de noces fut triste et magnifique.

ÉPILOGUE

Les cimetières
sont des champs de fleurs

Pour se rendre, depuis la plage, sur le lieu où reposait Anne, il fallait emprunter une rue étroite et pentue écrasée de soleil. Elle débouchait sur un paysage de pierres. Depuis cette cime de ruines, la mer, étincelante de diamants mobiles, était verte. On empruntait ensuite une allée transversale, calme et bordée de buissons, qui conduisait à une grille rouillée tapissée de chèvrefeuille.

C'est là qu'elle habitait. Depuis 1972. Elle avait tout traversé ici, la mort de Chou En-Laï et la sortie de *Rust Never Sleep* de Neil Young. Le concept de Jean-Paul II ne disait rien à sa pierre ; elle ignorait tout du sida. Le vaste temple de mon chagrin, ça n'était que ça : un parterre livide de cailloux dispersés, deux rangées de cèdres debout sur l'herbe rare. L'écho des amoureuses, mêlé à celui des vagues, étouffait la voix de ma chérie. Je n'entendais pas bien ce qu'elle me disait.

Anne était logée dans une sépulture provisoire qui, faute d'argent, était devenue définitive. Dans l'attente illusoire du marbre anthracite et moucheté qui est le véritable uniforme des morts, et le plus crédible, elle reposait sous un monticule de terre grasse surmonté d'une croix rafistolée. Il y avait des fleurs séchées. Anne attendait là depuis Pompidou ; sa terre était jumelle à la terre alentour.

J'attendis que la nuit tombât sur le chèvrefeuille

et les herbes. Les silhouettes de pierres se mélangeaient. Le soir était violet. L'air coulait entre les tombes. Il faisait froid et l'aube viendrait.

Dans le grand malheur du monde, quand le monde n'est plus qu'une boule sans printemps, un morceau de terre aléatoire où l'amour est aboli, nous revenons vers les souvenirs. Je soulevai un voile blanc, une femme. Anne était apparue. Elle gisait sous le jour doré.

J'ai beaucoup marché dans l'herbe. Elle était fraîche et fauchée.

C'était de l'herbe où poussent les fillettes. Elles n'ont pas eu le temps de devenir autre chose que des fillettes. Le mot femme ne restera, pour leur mémoire, que la forme rêvée des amours plantées dans la terre meuble où je suis si souvent venu pleurer. Il y a la marque de mes genoux.

J'aimais les étés violents, concassés par trop de soleil. L'ardeur d'un astre se meurt au moment de l'automne et finit dans l'hiver funéraire qui emporte tout. Les tombes d'amoureuses ne sont plus des pierres chauffées, mais un socle de glace qui fait peur aux enfants. Le sable fin des baigneuses, leur mer colorée se sont oubliés dans une nuit qui dure. Où donc se trouve la plage de juillet 1972 quand on passe décembre dans les capitales ?

Sur son visage régnait la paix des champs de bataille

L'enfant que je cherchais habitait dans les herbes. Elle avait disparu dans une baignade banale. Je n'ai rien connu d'elle, et personne n'aura rien connu d'elle. Elle venait les pieds nus s'amuser sur le sable. Elle avait des amies. Moi, pendant toutes ces années, j'ai vécu. Je cherche la différence. J'ai passé ce temps à mourir.

Personne n'avait plus ici de malheur, là sous le

platane, au bord d'une mer de nuit pure, ou sur un promontoire de pierre. Des amants reposaient là. La nourriture des terres s'offrait à la vermine pour toujours ; les fonds sont si noirs, rien ne bouge et tout avance, sans œil. Rien qu'une bouche en vitesse, la gueule enfouie des larves qui veulent, et veulent à l'infini.

Les morts ne nous ont laissé que des morceaux à revivre, des extraits d'une biographie que nul n'écrira. Les vivants guidés par la mémoire au milieu des tombeaux ; c'est un champ de croix, c'est un champ de fleurs. Les vivants ont des noms et des prénoms qui se meuvent, sont prononcés tous les jours. Ils ne sont pas ces coques de noix vides, creuses, sans relief que celui que le souvenir rejette au gré de son flux. Les vivants s'approchent : c'est leur métier de s'approcher. Ils ne restent jamais vraiment, ne viennent que pour s'en aller, laisser seuls ceux qu'ils connurent bavards, insupportables, égoïstes, et qui ne disent rien maintenant.

C'est la perpétuelle histoire. Elle recommence encore. C'est toujours la même matière, les mêmes femmes, les mêmes mécanismes qui se déclenchent. Les grands mots d'amour n'ont pas bougé. Les morts disaient les mêmes mots dans leur jeunesse. Ce que nous attendons de l'amour, les morts l'attendaient aussi. Ils sont partis sans donner leur avis. De leur conduite désordonnée, nous ne savons que les fleurs éparpillées quand un vent frappe leur pierre. Les disparus furent théâtraux, eux aussi. Ils furent drôles, excessifs, charmeurs. Ils sont rentrés au petit matin, ils ont bien connu la nuit. Dans les yeux doux d'une fille, un soir qu'ils étaient éternels, les morts se sont oubliés ; l'instinct les a fait jouir : c'était sous les toits, la vie était un tapis de fleurs déroulé à leurs pieds.

Maintenant, sur fond d'hiver à feuillage noir, ils savent une langue à part, où leurs souvenirs sont un sommeil. Des morts avaient aimé mieux que moi, des femmes plus belles, et plus passionnément.

Dans la poussière d'une journée, perdue, les amours partiront. Nous aurons été couple. Un moment d'orage balaiera tout. Les racines s'occuperont de nous tordre. Ce sera le noir, le noir encore. Les étés seront des étés sans nous, et ce qui doit pousser poussera, têtu dans sa pousse, sans nos va-et-vient. Des morceaux de pluie sur les linceuls : nos mots muets, imbéciles. A fond de tourbe, complètement trous : nous deux mon amour.

Sur les chemins du globe, les petits enfants feront des petits enfants. Mais nous serons exclus du manège. Des jambes passeront sans nous voir. Nous deux mon amour, et sous-sol, et gadoue. La figure de nos plis, nettoyés par les alluvions, c'est toute la terre qui se ride en canaux, c'est de la boue. Des rires sont enfoncés dans la caillasse, plantés comme des clous. Ci-gisent nos histoires drôles. Et les mouvements que nous fîmes, les instants de lavande, les instants de pinède, les instants de grillon. La vague était bleue sur le port, elle claquait des coques. C'était une vague gifleuse, au sommet gifleuse. Nous nous étions baignés. Les corps aiment l'eau. Ils nagent. Les corps se mélangent au milieu des vagues, ils sont étendus sur du sable jaune. Ils sont des corps en vacances en 1972 qui se déplient sur Neil Young, se baissent, se déploient.

Nous nous étions ennuyés à la surface de la terre. Mais cet ennui était fait de la vie, il était la vie. Les jours de langueur, dans la plainte d'exister, nous consommions du présent comme des enfants gâtés. Ce présent-là serait décompté, retranché à la durée de notre séjour parmi les choses. C'était du présent plein déjà de la terreur des morts, un présent de cortège funèbre où défilaient les grands défigurés d'une ténèbre. Mille défunts observaient, fous de rage, notre lamentation désolée, quand ils eussent donné ce qu'ils ne possédaient plus pour une seconde de verre de menthe ou de soulier sur le dur bitume. Nous vivions dans l'arrogance erronée de notre éternité présupposée, de la remise à plus tard du sentiment d'être mortel.

J'avais piqué des petites crises de nerfs bien ficelées, coquettes et importantes. Elles firent peur ; elles impressionnèrent. Leur effet eut son rayon de plusieurs mètres. Mais dans l'emportement des vanités, j'avais oublié qu'il s'agirait demain de se taire face aux gueules multipliées de la vermine qui, dans le silence des calcaires, consommeraient le souvenir d'une petite Anne échappée d'un riff, d'une Anissa qui ne fut qu'un nom.

Table

Du même auteur :

JUBILATIONS VERS LE CIEL, *roman*, Goncourt du premier roman, Grasset, 1996.

LES CIMETIÈRES SONT DES CHAMPS DE FLEURS, *roman*, Grasset, 1997.

Composition réalisée par JOUVE

Imprimé en France sur Presse Offset par

BRODARD & TAUPIN

GROUPE CPI

La Flèche (Sarthe).
N° d'imprimeur : 12819 – Dépôt légal Édit. 22397-05/2002
LIBRAIRIE GÉNÉRALE FRANÇAISE - 43, quai de Grenelle - 75015 Paris.

ISBN : 2 - 253 - 15292- 7   31/5292/3